있는 힘껏 산다

식물로부터 배운
유연하고도 단단한
삶에 대하여

있는
힘껏

정재경 지음

산다

샘터

그동안 저자가 쓴 식물 관련 책이 다 아름답고 좋지만, 이번 책이 더 특별한 이유는 식물과 함께 자라며 경험한 지혜를 삶으로 빚고, 살며 부딪는 인생 고민들에 대한 그만의 해석이 구체적으로 들어 있기 때문입니다. 우리 주변의 식물을 새롭게 공부할 뿐 아니라 인생의 의미를 되짚어보고 인간관계의 중요성을 성찰해가는 작가의 남다른 식물 일기엔 밑줄 그어두고 싶은 구절들이 너무 많습니다. 자신이 터득한 자그마한 지혜도 나누려는 저자의 수수한 마음이 여러분께도 전해지길 바랍니다. 우리 모두 생활 속 식물학자가 되고 싶은 고운 갈망을 심어주는 초록빛 지혜서가 우리를 초대하며 조용히 외치네요. '생명이 있는 모든 것은 있는 힘껏 산다'고. 그러니 힘들어도 힘을 내라고요.

이해인(수녀, 시인)

정재경 작가의 첫 책을 읽고 식물과 함께하는 방식을 완전히 바꾼 경험이 있다. 그전에는 작은 화분 한둘을 키우며 어려워했다면, 이후에는 대담하고 왕성하게 초록 영역을 늘리기 시작했다. 언제나 지척에 있었던 소박한 식물들의 아름다움을 새삼 발견하기도 했다. 정재경 작가는 다른 생명들과 단절되어 고립된 현대인들에게 연결점을 다시 찾아주는 글을 쓴다. 결코 쉬운 일이 아닌데 숨 쉬듯 자연스럽게 해내고 만다. 이번 책 《있는 힘껏 산다》에서는 무게 중심을 한층 안쪽으로 가져와, 식물의 은근하면서도 탄복할 만한 힘을 읽는 이의 내면에 스며들게 한다. 마지막 장을 덮을 때 예상하지 못했던 방향으로 견고해진 마음을 얻을 수 있을 것이다.

정세랑(작가)

'매일 하는 사람' 정재경을 오랫동안 지켜보았다. 그 가운데 2년간은 매주 만나 서로의 영혼을 돌보며 부족함을 채우고, 변함없이 나아가고자 노력하는 인고의 시간을 보냈다. 그래서 그의 글을 받아 보았을 때 '있는 힘껏 산다'는 제목이 마음에 깊숙이 와닿았다. 그녀는 정말 힘껏 살아가는 존재이기 때문이다. 그렇기에 햇빛, 물, 토양에 잘 적응한 식물처럼 크게 크게 성장했고, 그런 그녀를 곁에서 지켜보며 나 역시 힘이 났다. 아름드리나무가 되어가고 있는 그녀의 글을 읽으며 숲처럼 건강하고 활기찬 에너지를 얻는다. 그 감동을 모두와 함께 나누고 싶다.

오유경 (아나운서, 갤러리 '평창동1번지' 대표)

작가는 나의 오랜 친구이다. 초등학교에서 만났으니 벌써 알고 지낸 지 40년이 넘었다. 타인을 이해하는 방법은 경험을 공유하는 것인데, 글을 통해서 만나게 된 '정재경'은 너무나 새롭다. 내가 알던 작가는 스스로 고백한 것처럼 '세련되고 강렬한 도시적인 삶을 좋아하는' 모습이었다. 하지만 글을 읽으며 그녀의 삶의 깊이와 고뇌, 철학을 만나게 되어 새로운 친구를 만나는 것처럼 설레었다. 서른여섯 개 식물과의 단상斷想 가운데 내가 가장 좋아한 이야기는 살구나무, '자기만의 속도가 있다' 편이다. 교육학을 공부하며 깨달은 사실은 '모든 사람이 학습과 성장에 있어서 자기의 속도를 가지고 있다'는 것이다. 다른 분야에서 전문성과 경험을 쌓아온 작가가 나와 같은 생각을 가지고 있다는 것이 반갑고 흐뭇하다. 독자들에게도 이 책이 본인의 삶과 경험에서 느낀 것과 같은, 생각의 조각을 발견하는 기쁨으로 가닿길 바란다.

정제영(이화여자대학교 교육학과 교수, 미래교육연구소장)

우연히 작가의 전작 《우리 집이 숲이 된다면》을 만나 스무 번 가까이 탐독했다. 세 번쯤 읽었을 때는 화원에 갔고, 열 번쯤 읽었을 때는 집에 키우는 식물이 50개가 넘었고, 이후엔 더 많은 식물을 키우는 식집사가 되었다. 이것은 저자를 통해 식물이 주는 선한 영향력을 오롯이 알게 된 덕분이다. 식물은 우리 곁에서 묵묵히 기다릴 줄 알고, 조용히 위로를 건넬 줄도 안다. 어떤 상황에서도 살아내려는 애틋한 힘이 있다. 그간 식물과 함께한 시간이 길어서일까. 작가의 글에서도 그런 힘이 느껴진다. 일상에서 모두가 공감할 만한 이야기를 찾아 삶이 흔들리거나 힘들 때 '괜찮다'고, '지금껏 잘해왔다'고 기어이 다독여주니 말이다. 책 속 작가의 다정하고 세밀한 표현을 따라가다 보면, 아보카도 씨앗이, 길가의 로즈메리가 보내오는 조용한 위로가 크게 들려올 것이다.

송사랑(플랜테리어 인플루언서, 베리북 대표)

　　내 삶은 식물을 만나기 전과 만난 후로 나뉜다. 식물을 만나기 전 나는 건조하고 딱딱했다. 세상 사람들이 멋지다고 생각하는 기준에 맞춰 더 빨리, 더 많이 달리려 애썼다. 그래서일까. 어쩌다 휴식 시간이 주어지면 무슨 일을 해야 할지 몰라 불안하고 초조했다. 그렇게 마흔 즈음이 되자 길을 잃은 것 같았다. 인간은 위기가 닥치면 자연을 찾는다. 갑자기 식물을 많이 키우게 된 것은 본능적인 끌림이었을지도 모른다.

　　함께 살던 벵갈고무나무에서 뽀얀 연두색 어린잎을 만났을 때의 기억이 선명하다. 잎이 나를 빤히 쳐다보며 "기운 내"라고 말하는 듯했다. 그날 이후 실내에 식물을 200개까지 두고 키웠다. 물을 줄 때도, 쓰다듬어줄 때도 식물과 서로 통하는 마음을 느꼈다. 식물들이 잘 자라는 것을 보며 내가 무엇인가 잘하는 게 있다는 걸 알게 되었다.

　　식물은 어떤 상황 속에서도 새잎을 틔워낸다. 어린잎을 가만히 보고 있으면 머릿속에 '저 작은 싹도 살려고 저렇게 애쓰는데 나는 어떤 노력을 하고 있나' 하는 생각이 지나간다. 퓰리처상을 두 번이나 수상한 에드워드 윌슨은 말했다. '우리가 다른 생명을 이해한 정도만큼 그 생물과 우리 자신에게 더 큰 가치를 부여하게 된다'고(《바이오필리아》, 사이언스북스, 14쪽).

나는 무엇을 위해 애쓸 것인가, 앞으로 어떻게 살 것인가 그런 질문이 덩굴식물처럼 자라났다. 이 고민은 자아가 생길 때부터 지금까지 마흔이 넘도록 계속 하는 고민이었다. 나는 나에 대해 당황스러울 정도로 아는 게 없었다. '나'를 찾아야 했다. 무슨 음악을 좋아하는지, 어떤 음식을 좋아하는지, 뭘 할 때 행복한지 아무것도 몰랐다.

그 답을 찾기 위해 할 수 있는 것부터 해보자 마음먹었다. 매일 식물을 돌봤고, 매일 아침 글을 쓰기 시작했다. 2017년 6월 11일부터 하루도 빼놓지 않고 글을 쓰는 동안 나는 처음으로 내가 무엇을 매일 할 수 있는 사람이라는 걸 알았다. '하루도 빼놓지 않고 매일 하는 사람'이라는 정체성은 나에게 큰 자신감이 되었다. 마음이 흔들릴 때마다 '나는 하루도 빼놓지 않고 매일 하는 사람이야'라고 되뇌면 나를 삼킬 것 같던 내적 풍랑이 차츰 잦아들었다. 무엇보다 좋은 점은 식물과 함께 살며 매일 쓰는 동안 내가 어떤 사람인지 알 수 있었다는 것이다. '내가 아는 나'와 '진짜 나' 사이엔 지구와 달만큼의 간극이 있었다. 세련되고 강력한 도시적인 삶을 좋아한다고 여겼던 나는 사실 간소하고 조용한 걸 좋아하는 사람이었고, 차갑고 선명한 파랑을 좋아하는 줄 알았는데 따뜻한 노랑을 좋아했다. 가장 행복할 때는 많이 읽고 많이 쓸 때, 알고 있는 것을 나눌 때였다.

그다음엔 롤모델을 찾았다. 박완서, 김점선, 노라노, 김형석, 찰스 슐츠, 마야 안젤루, 미야자키 하야오 같은 분들이었다. 그러자 내가 더욱 분명해졌다. 나열해놓고 보니 공통점이 있었다. 모두 자기 일을 사랑해 미칠 정도로 일에 몰입한 분들이었다. 미야자키 하야오는 도시락 한 개를 싸와 반은 점심으로 먹고 반은 저녁에 먹으며 애니메이션을 만들었다. 그렇게까지 하면서 잘하고 싶은 마음. 그 마음이 사람들을 움직였다.

다음으로는 생활 습관을 개선했다. 몸을 잘 쓰기 위한 방법, 뇌를 잘 쓰기 위한 방법, 건강하게 살기 위한 방법에 대한 탐색을 시작했다. 식물을 돌보고, 요가와 달리기와 필라테스를 하고, 틈틈이 근력운동을 하며 체력을 키워나갔다. 뇌를 잘 쓰기 위해선 먹을 것, 잠자는 것, 향기, 자세, 보조제 등을 찾아 적용했고, 먹을 것에 관한 공부도 다시 했다. 나는 좋은 글을 쓰고 싶었기 때문에 그 외 다른 것들은 포기해도 아쉽지 않았다. 그렇게 알아낸 나에게 맞는 방법을 실행하고, 수정하고, 되풀이하며 최적화의 과정을 거쳤다.

지난 7년의 과정을 돌이켜보니, 이것은 식물에게 배운 자기 주도적인 삶이었다. 식물에게 스스로 사는 법을 배운 것이다. '스스로'는 우리말로, 부사로 쓰일 때 '자신의 힘으로'라는 의미를 지닌다. 즉, 스스로 사는 법이란 자신의 힘으로 사는 법을 의미한다.

내가 스스로 사는 법을 배우고 익힌 시간은 7년이다. 사람의 세포는 7년이 지나면 같은 게 하나도 없다는데, 그러니까 7년 전의 나와 지금의 나는 완전히 다른 사람이라고 할 수 있다. 한때는 이런 삶을 살며 맞는지 아닌지 알 수 없어 불안했다. 그러나 시간이 흐를수록 점점 명확해졌다. '나'라는 나무가 튼튼하게 자라고 있다는 것이.

이 책엔 살다 보면 문득 마주치는 '길을 잃은 것 같을 때'를 위해 식물에게 배운 삶의 기술을 담았다. 어떤 글은 식물이 주인공으로 이야기를 끌어나가기도 하고, 어떤 글은 식물이 조연으로 등장한다. 분량이 적어도 극의 흐름에 꼭 필요한 엑스트라처럼 우리 삶에 꼭 필요한 식물의 소중함을 되새기고 싶었다. 식물은 공기처럼 늘 우리 삶에 함께하고 있다. 매일 먹는 김치도 식물이고, 종이를 만드는 나무도 식물이다. 늘 그곳에 있어 식물의 소중함과 고마움을 모른 채 지나치게 될 때가 많은데, 이 책에선 무심코 지나치는 식물을 의식의 세계로 끌어와 이름을 불러주고 싶었다. 책의 마지막 장에서는 식물뿐 아니라 책과 사람들이 등장하는데, 함께 자라는 수풀처럼 와글와글한 이야기를 담고자 했다.

인공지능이 질문에 턱턱 답을 내놓는 시대가 됐다. 대격변의 시대에 우리가 배우고 익혀야 할 것은 삶의 기술이다. '나'를 알고, 진짜 내가 하고 싶은 일을 하며, 시간과 에너지를 관리하고, 서로 사랑하며, 건강하고 행복하게 오래오래 사는 삶. 현실 세계엔 그런 세상이 없다고 해도 나는 꿈꾼다.

이 책은 월간 〈샘터〉에 '반려 식물 처방'이라는 주제로 33개월 동안 연재했던 글을 바탕으로 했다. 지난 글들을 모아 읽으며 나는 식물이 아낌없이 베푼 사랑 덕분에 말라가던 나의 생명력이 되살아났다는 사실을 깨달았다. 부디 이 글이 독자분들 마음에 따뜻하게 스며 생명 사랑의 에너지로 가득한 세상을 만드는 데 보탬이 되길 바란다.

정재경

차례

1장

그럼에도 불구하고
싹을 틔우는

2장

우리에겐
각자의 이야기가 있다

4장

우리는
함께 자란다

1장

그럼에도
불구하고
싹을
틔우는

그럼에도 불구하고

●

수련

속씨식물 가운데 가장 처음 지구상에 나타난 원시적인 식물이다. 약 1억 2,500만 년 동안 적응하며 종을 이어와서인지 '노력'의 의미를 대표하곤 한다. 수련과 연꽃은 매우 닮아 구분이 어려운데, 잎으로 구별할 수 있다. 수련은 잎이 물에 닿아 있고 연꽃의 잎은 수면 위에 떠 있다.

지난봄, 수목원 옆에 위치한 수원 일월도서관에서 강연이 있었다. 1부 강의 열 시간은 내가 강사로 초빙되어 꽃의 인문학에 대해 지식과 경험을 나눴고, 2부 강의 열두 시간은 나무 인문학 프로그램으로 《나는 나무에게 인생을 배웠다》의 저자 우종영 선생이 담당했다. 선생은 죽어가는 나무도 살려내는, 30년 넘는 경력의 실력 있는 나무의사다. 특히 나무 중에서도 가장 난이도 높은 천연기념물을 담당하는 식물계의 입지전적인 인물이다. 나무 인문학 중 한 클래스는 우종영 선생이 수강생과 함께 수목원을 탐방하는 시간이었다.

일월수목원은 2023년 대한민국 조경대상에서 '산림청장상'을 수상한 수목원이고, 그 예쁜 수목원을 탐방하며 우종영 선생과 나눌 나무 이야기가 궁금했다. 도서관에 미리 허락을 구해 나도 탐방 프로그램에 함께했다. 선생의 설명을 들으며 수목원을 관람하고 도서관에서 마련한 식사 자리에 동석하게 되었다. 선생은 식당 자리에 앉아 물을 마시며 물으셨다. "어떻게 식물을 공부했나요?" 학교에서 배운 게 아니라 뭐라 답해야 하나 물음표가 머릿속에 몇 개 떠올랐고, 잠깐 고민하다 있는 그대로를 말씀드렸다. 도서관에서 '식물', '나무', '정원'을 키워드로 한 거의 모든 책을 다 읽으며 독학했고, 그 후 농업 관련 국가자격증 두 개를 취득했다고. 선생은 반가워하며 자신 역시 열여섯부터 혼자 나무를 공부했다고 전한다. 우린 '독학'으로 금세 가까워졌다.

내가 취득한 농업 관련 국가자격증 두 개 중 하나는 '도시농업관리사'이다. 자격 취득을 위해서는 성남시 농업기술센터에서 주관하는 '도시농업전문가 과정' 이수가 필수였다. 도시에서 일어나는 모든 농업 활동을 다루는 과정은 서울시와 성남시 경계의 그린벨트에 위치한 성남시 시민농장에서 이루어졌다. 개발이 제한된 지역 특성상 도로 양쪽엔 비닐하우스가 줄지어 있고, 교실로 가는 길엔 자갈이 굴러다녔다. 주차장에서 논길을 걸어 교육장으로 이동하는 길도 마찬가지라 비가 오는 날엔 진흙이 뭉개져 신발을 덮었고, 건조한 날엔 흙먼지가 신발 끝에 뽀얗게 앉았다. 그래도 좋았다. 도시에선 흙, 비, 해가 모두 귀하기 때문이다.

매주 한 번씩 있던 교육이 막바지를 향해 갈 무렵이었다. 어디서 꽃향기가 날아왔다. 고개가 저절로 그쪽을 향했다. 걷고 있는 두덩 아래 못이 있었고 그 위에는 초록 잎이 물이 보이지 않을 정도로 겹겹이 덮여 있었다. 그 사이로 하얀 꽃이 보였다. 꽃은 쨍하게 내리쬐는 여름 햇빛을 맞고 눈이 부실 정도로 하얗게 빛났다. 꽃의 색이 희다는 것은 확인했으나 멀리서 보니 수련인지 연꽃인지 정확하지 않았다. 늪에 들어가 확인하고 싶었으나 빠질 것 같았고, 눈으로 관찰하기엔 벌써 수정체로 넘어오는 빛의 양이 수용 가능한 수준을 넘어 시큰거리기 시작했다. 곧 눈물이 뺨을 타고 흘러내렸다. 그래도 꽃향기가 좋아 그곳을 한참 바라보았다. 다시 교육장을 향해 걸으며 이런 뜨거운 햇빛 속에서도 그림을 그린 화가, 모네가 떠올랐다.

프랑스 남쪽 노르망디 초입 지베르니에 위치한 모네의 집에는 수수하지만 아름다운 정원, 멋진 주방과 요리사 두 명, 정원사, 작업실이 있었다. 그곳에서 모네가 하는 일은 수련 연못과 정원을 바라보는 것뿐이었다. 자기가 좋아하는 일에 시간과 에너지를 쓰는 것은 모든 사람의 꿈이다. 평범한 대부분의 사람은 살기 위해 돈을 벌고, 밥을 하고, 청소를 하는 데에 자기 삶의 대부분을 사용한다. 모네는 얼마나 행복했을까.

모네도 지베르니에서의 삶을 지속하기 위해 나름의 노력을 했다. 모네는 여행에서 가져온 식물을 정원에 심고, 예술가, 정치가 등 유명인사를 초대해 직접 기른 동물과 생선, 새로운 채소와 과일을 먹거리로 대접했다. 식도락가였던 모네와 아내의 요리는 손님들의 입맛을 사로잡았다. 모임 후 그림 판매가 쏠쏠하게 이루어진 것은 말할 것도 없다. 그 소득으로 모네는 지베르니의 땅을 더 사들여 정원을 확장했다.

그러나 세상 모든 일엔 빛과 그림자가 있듯, 그 부러운 일에도 부작용이 있었다. 좋아하는 수련을 보느라 모네의 눈에 이상이 생긴다. 뜨거운 여름, 잠깐 서 있던 논길에서 만난 햇빛에도 눈이 아파 눈물이 줄줄 흘렀는데, 모네는 호숫가에서 수련을 보고 그렸다. 호수 표면에 빛이 반사되어 광량이 증폭되는 호숫가에서 마흔세 번의 여름을 보냈다. 모네의 시력은 점점 약해졌고, 80대엔 백내장 수술을 세 번이나 받아야 했다. 그런데도 모네는 82세이던 1922년 4월 12일 오랑주리 미술관 기증 의향 증서에 서명했고, 색이 보이지 않으나 포기하지 않고 기억하고 있는 물감 번호에 의지해 수련을 완성했다.

계란 모양으로 둥근 오랑주리 미술관의 벽을 장식한 그림은 크기가 압도적이다. 가로 길이는 모두 다르지만, 세로는 모두 2미터다. 82세의 모네가 그 큰 캔버스를 보며 느꼈을 중압감을 상상해본다. 큰 그림을 그리려면 두 다리로 땅을 딛고 서서 캔버스 끝으로 팔을 들어 색을 칠해야 한다. 모네는 생명이 꺼져가는 것을 느꼈을 것이다. 눈도 손도 한창 때에 비교하면 느리고 답답했을 것이다. 그래도 모네는 포기하지 않았다. 82세부터 86세까지 이 작품에 붓을 댔다. 삶의 마지막까지 도전했다.

지난해 가을, 파리의 오랑주리 미술관에서 모네의 수련을 마주했다. 붓 터치가 선명하지 않을지라도 마음의 소리가 느껴졌다. 가슴 깊은 곳에서 진동이 일렁이며 눈가가 촉촉해졌다. 수련은 묻고 있었다. 어디까지 노력할 것인가.

있는 그대로 바라보기

✸

체리세이지

세이지는 지중해 연안과 유럽 남부에서 재배하기 시작한 서양 허브다.
체리 향이 나는 세이지를 '체리세이지', 파인애플 향이 나는 세이지를 '파
인애플세이지'로 부른다. 노지 월동이 가능해 바깥 정원이나 창문을 열
고 지내는 베란다에서도 키울 수 있다.

오전 10시, 벽 모서리 ㄱ 자 유리창을 통해 햇빛이 거실로 밀물처럼 밀려 들어왔다. 공간을 가득 채운 빛이 흰 벽, 흰 마루에 반사되어 은은하게 빛났다. 눈을 반쯤 감고, 눈꺼풀 위로 쏟아지는 부드러운 빛의 감촉을 즐겼다. 빛의 온도와 공기의 습도가 거실 곳곳을 감싸 포근했다. 집 안에 아무도 없는 조용한 시간이었다. 테이블 위에 쌓인 책 중 한 권을 골라 소파 등받이에 몸을 기대고 읽기 시작했다. 책을 들고 있는 팔이 저려와 소파 팔걸이를 베고 모로 누웠다. 왼쪽으로 누웠다 오른쪽으로 누웠다 하며 책 속으로 빠져들었다.

똑. 똑. 똑. 귓바퀴가 집 안의 소리를 한데 모아 청각세포로 옮겨주었다. 동굴 천장에서 떨어지는 물방울처럼 또렷하고 울림 있는 소리. 몸을 일으켜 소리가 나는 곳으로 가보니 화분에서 화분 받침으로 물이 떨어지는 소리였다. 다시 소파에 누워 책을 펼쳤다. 이번엔 톡. 톡. 톡. 벌레인가? 책을 펼쳐 배 위에 올리고 소리에 온 신경을 기울였다. 귀와 관자놀이 사이에서 가벼운 경련이 일었다. 소파에서 몸을 일으켜 집 안을 두리번거렸다. 톡. 톡. 톡. 노란 화분에 담긴

필로덴드론 셀리움 잎이 눈에 들어왔다. 필로덴드론 셀리움 잎은 가장자리에 물결무늬가 있어 손가락을 쫙 편 아기 손처럼 귀엽다. 창문 앞 불어오는 바람에 잎들이 군무를 추며 서로 부딪히고 있었다. 어느새 훌쩍 자라 숱이 빼곡한 모습이었다. 앞머리가 자라 눈을 덮은 것처럼 답답해 보였다. 가위를 찾아 잎을 솎아주기 시작했다.

식물도 사람처럼 가끔 한 번씩 가지나 잎을 이발해주어야 한다. 바람이 잘 통하면 건강해져 병도, 벌레도 덜 생긴다. 가위를 든 김에 아레카야자와 해피트리의 잎도 잘라주었다. 조금 전까지 가지에 있던 싱싱한 녀석들이 미용실 바닥 머리카락처럼 수북하게 쌓였다. 그것들을 종량제 봉투에 욱여넣으려니 미안했다. 이 잎사귀를 활용할 방법은 없을까? 이 잎들로 꽃꽂이를 해보면 어떨까? 고민하다 성남시 평생교육원 프로그램 중 화훼장식기능사 자격증 취득반을 찾아 등록했다. 국가자격증을 취득하면 커리어에도 도움이 될 것 같았다.

코스모스같이 호리호리한 선생은 꽃꽂이 경력만 30년이 넘었다고 했다. 수업은 수강생 네 명이 한 조가 되어 선생이 준비한 꽃을 나눠 갖는 것으로 시작했다. 사람들이 책상 주위에 둘러앉아 꽃을 다듬고 꽃 장식을 만들면 교실 안이 향기로 가득 찼다. 라넌큘러스, 리시안셔스, 장미, 작약, 옥시페탈룸, 유칼립투스 등 풍성한 꽃 사이에서 늦여름이 지났고, 가을이 되자 선생이 준비한 꽃들에 자주, 보라, 진분홍 계열의 꽃이 많아졌다. 그런데 나는 자주, 보라, 진분홍 계열의 색을 좋아하지 않는다. 얼마나 좋아하지 않으면 집 안에 작은 소품 하나가 없다. 그래서인지 수업에서 자주, 보라, 진분홍 계열의 색을 볼 때마다 가슴이 꽉 막힌 것 같았다.

이 답답함은 강연이 있어 들른 제주에서 사라졌다. 고맙게도 플랜테리어 인플루언서이자 출판사 베리북의 송사랑 대표가 공항으로 픽업을 와주었다. 차를 타고 제주의 아름다운 바닷길을 따라 왼쪽은 새파란 바다, 오른쪽은 야트막한 언덕이 있는 길을 천천히 지나고 있었다. 진초록 잎이 언덕을 덮었고, 그 사이사이 보색에 가까운 진분홍 꽃이 바람결에 춤을 추고 있었다. "아, 예쁘다!"라는 탄성이 나왔다. 눈앞에 진분홍 루비 광산이 펼쳐진 것 같았다.

송 대표에게 저 진분홍 꽃이 무슨 꽃인지 아느냐 물었더니 체리세이지라고 알려주었다. 너무 잘 아는 식물인데 무리 진 모습을 보니 느낌이 또 달랐다. 자주, 보라, 진분홍 색이 아름답지 않은 게 아니었다. '자주, 보라, 진분홍색은 싫어'라는 딱딱한 마음이 고유의 아름다움을 느낄 기회를 막은 것이었다. 나는 그동안 자주, 보라, 진분홍을 제외한 나머지 세계의 아름다움만 보고 있었다. 빨강, 주황, 노랑, 연두, 파랑, 자주, 보라, 진분홍. 얼마나 많은 일에 이런 금을 그어두고 반쪽만 보았을까.

올봄, 꽃 시장에 갔다 체리세이지를 만났다. 키워볼까 말까 조금 망설였지만 도전해보기로 했다. 지름이 수박만 한 화분 두 개를 마당 양쪽에 세워두었다. 진분홍색이 영 불편하면 화분째 다른 사람에게 선물할 셈이었다. 녀석은 나와 눈이 마주칠 때마다 앞니가 보일 정도로 환하게 웃으며 양팔을 들고 춤을 추었다. 체리세이지의 진녹색 잎과 대비되는 분홍이 우리 집 마당에서도 어찌나 돋보이는지 유리창 너머로 마당을 바라볼 때마다 얀 브뤼헐의 그림을 보는 것 같았다. 누군가에게 주려던 마음은 싹 사라졌다. 호미로 구멍을 파고 체리세이지를 화분에서 꺼내 땅에 옮겨 심었다. 뿌리에서도 향기가 풍겼다. 손에 체리세이지의 알싸한 향기가 배어 손이 얼굴을 스칠 때마다 행복했다. 흙에 심은 체리세이지는 금세 뻗어나가 숱이 두 배가 될 만큼 자랐다. 가지마다, 마디마다 진분홍 꽃을 틔웠다.

마당에 심은 체리세이지는 매년 봄부터 늦가을까지 꽃

을 보여줄 것이다. 체리세이지를 볼 때마다 '자주, 보라, 진분홍색은 싫어'라고 세운 선입견과 편견의 벽이 생각난다. 내가 그어둔 한계는 영원히 넘지 못할 것 같은 높고 두려운 벽이 된다. 편견과 선입견도 열린 마음과 지식을 더하면 전환의 계기가 되기도 한다. 성숙한 인간이 되기 위해선 시행착오를 끊임없이 보완하고, 자기를 객관화하는 성찰이 필요하다. 마음을 열고 긍정의 시선으로 바라볼 때 도전할 용기도, 새로운 행복도 만날 수 있다.

괜히 한 번씩 정원을 어슬렁거리며 체리세이지 잎을 엄지와 검지로 부비고, 꽃 핀 가지는 잘라 투명한 유리 화병에 담아 식탁 위에 올렸다. 잎을 따서 입에 넣고 꼭꼭 씹으며 향기도 느껴본다. 체리세이지 잎은 소화 계통이나 신경 계통에 효과가 좋다.

잠시 쉬어갈 때

●

로즈메리

약용으로 사용되는 허브 특유의 이로움이 있는 식물이다. 줄기를 잘라 바람이 잘 통하는 그늘에서 말리면 방충제가 된다. 말린 잎과 가지를 서랍 안에 넣어두면 먼지다듬이, 좀 같은 벌레가 사라진다. 햇빛에서 말리면 향유가 증발해 효과가 약해지니 북쪽 베란다에 걸어 말리는 게 좋다.

결혼과 동시에 야간 대학원에 진학했다. 퇴근 시간이
되면 상사와 동료 눈치를 보며 가방을 주섬주섬 챙겼다. 전
공 서적과 하버드 비즈니스 리뷰 같은 읽을 자료가 잔뜩 든
무거운 가방을 어깨에 메고 사무실을 나섰다. 회사를 빠져
나오자마자 지하철역으로 내달렸다. 수업 시작은 오후 7시.
회사에서 지하철역까지 15분, 지하철 이동 시간 20분, 지하
철역에서 수업이 진행되는 새천년관까지 걸어서 또 15분이
걸렸다.

시간을 맞추려면 빠듯했다. 중간에 누가 길을 묻거나
지하철을 놓치기라도 하면 지각이었다. 그러다 보니 저녁은
대충 때우기 일쑤였고, 집을 나오며 가방에 밀어 넣은 두유
와 분유 맛 과자로 허기를 채웠다. 체중 관리를 위해 일부러
저녁을 굶는 사람도 있으니 다이어트하는 셈 쳤다. 회사에
다니며 공부를 하는 건 만만한 일이 아니었다. 마지막 학기
논문을 쓸 땐 수험생 시절에도 본 적 없는 코피를 흘리기도
했다.

어느 날 수업을 마치고 집에 돌아오는 길이었다. 엘리

베이터 6층 버튼을 누르고 내려 깜깜한 복도를 터덜터덜 걸어 현관문 앞에 섰다. 문 열 기운도 없어 '휴' 하며 숨을 길게 내쉬고 도어락 뚜껑을 연 다음 힘겹게 버튼을 눌렀다. 띠디디딕. 챠르르. 잠금장치가 풀리는 소리를 들으며 현관문 손잡이를 잡아당겨 문을 열었다. 컴컴한 거실을 배경으로 현관에 들어서자 센서 등이 켜졌다. 흘러내리는 가방끈을 어깨로 추켜올리며 신발을 벗었다. 어두컴컴한 집 안에서 코에 솔솔 다가오는 향기가 있었다. 동료들과 점심 먹고 들어오는 길, 회사 앞에 온 꽃 트럭에서 샀던 바질, 타임, 로즈메리였다. 마땅히 둘 자리를 찾지 못해 베란다 창가에 올려두었는데, 창가로 불어온 바람 덕에 집 안이 향기로 가득 찬 것이었다.

세 가지 허브로 블렌딩 된 공기가 나를 감쌌다. 달콤하고 따뜻한 카푸치노를 마신 것처럼 단숨에 따뜻해졌다. 그대로 서서 눈을 감고 가슴 깊숙이 향기를 채워 넣었다. 숨을 들이쉴 때마다 폭신한 구름 사이로 몸이 떠오르는 느낌이었다. 허브 향기가 나를 꼭 안아주는 것만 같았다. 텅 비었던 마음과 뚝 떨어진 에너지가 순식간에 채워졌다.

그 후 어디에 살든 로즈메리 화분은 꼭 있었다. 아이를 키우며 시부모님 댁에 살 때도 방 베란다에서 키웠고, 다시 분가해 나와 우리 셋이 살 때도 키웠다. 3층 집으로 이사했을 땐 둘레가 한 아름되는 로즈메리를 사왔다. 팔을 양쪽으로 뻗어 올린 선인장처럼 잘 자란 로즈메리였다.

로즈메리는 다년생이라 오랫동안 키울 수 있지만, 실내에서 키우긴 다소 어렵다. 허브는 바람이 키운다고 할 만큼 통풍이 중요한데, 난방을 위해 창문을 닫고 지내는 가을부터 봄까지 실내에는 바람이 전혀 불지 않는다. 바람이 없으면 식물의 생육 상태가 나빠진다. 식물에게 바람은 운동이기 때문이다. 거친 바람에 흔들리며 뿌리가 뽑히지 않으려 흙을 붙들며 뻗어나가고, 잎맥과 수맥이 부딪히며 잎과 가지가 자란다. 실내에서 로즈메리를 잘 키우려면 물이 잘 빠지도록 흙에 모래를 섞어주고, 뿌리가 숨을 쉴 수 있도록 토분에 심어 수시로 선풍기나 서큘레이터를 틀어주면 수명을 연장할 수 있다.

정원가이자 그림작가였던 타샤 튜더도 로즈메리를 자주 활용했다. 친구들에게 편지를 보낼 때 로즈메리 한 토막을 동봉해 보냈다고 한다. 덕분에 친구들은 편지를 보지 않고도 누가 보낸 건지 알아차렸다. 우체부가 편지를 갖고 오면 저 멀리서부터 향기가 풍겨왔기 때문이다. 아마 타샤 튜더는 로즈메리의 방충 효과도 알고 있었을 것이다.

로즈메리는 항균 성분도 뛰어나다. 따뜻한 물에 잎을 띄워 마시면 향기를 즐길 수 있고, 면역력을 강화하는 데 도움이 된다. 무엇보다 로즈메리는 향이 좋다. 잎을 두 손으로 잡고 살살 문지르면 손끝에 오일이 묻어 손이 얼굴을 스칠 때마다 향기가 어른거린다. 아들에게 이 식물 이름을 가르쳐주고, 잎 속에 함께 코를 묻고 킁킁 향기를 맡기도 했다. 버터에 로즈메리 한 줄기를 넣고 향을 우린 다음 고기를 구우면 풍미 깊은 스테이크를 맛볼 수 있다.

내가 로즈메리를 보면 어두컴컴한 밤 온몸을 감싸던 위로를 떠올리는 것처럼 아들도 로즈메리를 보면 엄마와 잎을 손으로 비비며 함께 향기를 마시던 그날이, 함께 스테이크를 구워 먹던 추억이 문득문득 떠오르지 않을까.

실내에 들여놓은 식물은 작은 변화도 크게 보인다. 새로 난 연둣빛 잎, 잎끝에 맺힌 물방울, 한 마디쯤 자란 가지를 지켜보는 동안 식물과 교감이 이뤄진다. 나와 소통할 수 있는 식물이 있다면 그곳이 정원이다. 그래서 로즈메리 화분이 단 한 개만 있어도 정원이 될 수 있다.

쏟아지는 업무에 진이 빠질 때, 마음의 허기가 채워지지 않을 때, 잠시 쉬어갈 시간이 필요할 때 나만의 정원이 유용하다. 분무를 해 잎을 촉촉하게 해주고, 흙에 물을 주며, 로즈메리가 꼴깍꼴깍 물 마시는 소리를 듣고, 촉촉하게 젖은 흙의 향기를 맡으며 로즈메리를 한 번 훑고 오면 다시 시작할 에너지가 생긴다.

가드닝은 몸을 사용하는 활동이면서 정신적 체험이다. 식물을 보는 일은 명상을 할 때와 비슷하다. 일상의 번잡함과 분주함에서 잠시 떨어져 현재에 몰입하게 되고, 스트레스에서 벗어나 휴식을 경험할 수 있다. 체코의 3대 작가 중 한 사람인 카렐 차페크는 《정원가의 열두 달》이라는 책에서 '인간은 손바닥만 한 정원이라도 가져야 한다. 우리가 무엇을 딛고 있는지 알기 위해선 작은 화단 하나는 가꾸며 살아야 한다'라고 말했다. 비록 작은 식물 하나라도 그 생명의 힘으로 또 하루를 살 수 있다.

감각 벼리기

●

접란

미국 동물학대방지협회(www.aspca.org)에 따르면, '클로로피텀'이라 불리는 접란은 고양이와 개에게 독성이 없다. 우리 집 고양이 별이도 접란을 좋아한다. 잎을 똑똑 떼 먹는 모습이 얼마나 귀여운지! 게다가 접란은 나사(NASA)의 공기정화식물 실험에서도 우수한 성적을 거뒀다.

아지랑이가 간지러운 봄엔 무엇이든 새로 시작하고 싶은 기분이 든다. 2020년 봄, 벚꽃 잎이 날리기 시작할 즈음부터 집 근처 산책로를 달리기 시작했다. 산들바람이 볼을 지나 귓가를 스치고, 초록 이파리 사이를 지날 때 기도 너머 폐로 가득 들이치는 신선한 공기가 좋았다. 피톤치드 머금은 산소가 세포 끝까지 전달되어 생명력이 차오르는 느낌. 그게 좋아 매일매일 달렸다. 달려 보니 가장 달리기 좋은 계절은 봄과 가을이었다. 푹푹 찌는 한여름에도 동트기 전 어스름한 새벽은 달릴 만했다. 잠깐 망설이는 사이 해가 중천으로 떠오른 다음 달리면 햇볕에 피부가 따끔거릴 만큼 뜨거웠고, 해 진 저녁 달릴 때엔 반소매 입은 팔에 도톨도톨 소름이 돋기도 했다. 장마철엔 습도가 높아 물속에서 헤엄치는 듯했지만 그래도 달릴 수 있었다.

여름의 하루하루가 시시때때로 마음을 바꿔 종잡을 수 없는 사춘기 학생 같다면, 겨울은 한날한시에 차가움부터 따뜻함까지 보여주는 파노라마였다. 겨울, 언덕에서 철쭉꽃을 만났을 땐 헛것을 본 줄 알았다. 눈을 비비고 감았다 다시 떠 고개를 꽃 앞으로 가져가 다시 보고, 손을 내밀어 꽃을 만져보았다. 다시 보아도 자주색 꽃이었고, 철쭉이었다. 앞이 트인 정남향 양지바른 언덕은 한겨울에도 철쭉이 두어 송이 필 만큼 따뜻했다.

그 겨울, 폭설이 내려 바닥이 보이지 않는 길에서도 내 몸은 양팔을 들어 균형을 잡으며 펭귄처럼 뒤뚱뒤뚱 달렸다. 봄, 그늘진 곳엔 채 녹지 않은 눈이 여전히 쌓여 있었지만, 양지바른 곳에 자리 잡은 진달래엔 물이 올랐고 꽃이 피기도 했다. 자연 속을 달리며 사계절을 지나고 보니, 여름이 다 같은 여름이 아니고 겨울이 다 같은 겨울이 아니었다. 나무와 풀은 추우면 추운 대로, 더우면 더운 대로 빛 따라 가지를 내밀고 물 따라 뿌리를 뻗으면서 어떻게든 줄기를 키운다는 사실을 알게 되었다.

여름이 되어 잎이 무성해지고 습할 땐 벌레가 많아졌고, 참새와 직박구리의 배가 통통해졌다. 늦가을 열매가 다 떨어진 나무 아래 까만 고양이는 가슴팍에 갈비뼈의 움직임이 보일 만큼 말라 있었다. 여름이든 겨울이든 살아 있는 것들은 어떻게든 생명을 유지하며, 비가 오면 몸을 숨기고, 바람이 불면 피하며, 서로 의지하고 조화를 이뤘다.

매일매일 달리는 동안 안 보이던 것이 보이기 시작했

다. 어제와 오늘 나뭇잎의 크기가 달랐다. 자라는 속도가 눈에 보일 만큼 안목이 예민해졌다. 그날그날 날씨에 따라 풀향기가 다르다는 것도 알게 됐다. 비 내린 날엔 피톤치드 머금은 촉촉함이, 건조한 날엔 보송한 바삭거림이 코점막으로 느껴졌다. 팔꿈치 피부로 온도 변화가 느껴졌고 새소리, 풀벌레 소리에도 귀가 쫑긋거렸다. 비 맞은 쑥이나 솔잎을 한 잎씩 따 입에 넣고 오물오물 씹으며 들판과 산속의 맛이 다르다는 것을 알았다.

편리해진 현대 사회에선 몸을 쓸 일이 적다. 자연 속을 달리는 동안 눈과 코와 귀와 입과 피부의 감각이 벼려졌다. 지금의 풀 냄새, 바람의 느낌, 새소리가 정신을 지금 현재로 머물게 돕는다. 현재에 집중하는 것은 과거의 상처로부터, 미래의 걱정으로부터 자유로워지게 돕는다. 감각을 깨우는 것은 마음 건강에도 좋다.

실내 식물에게도 그런 효과가 있다. 그해 봄, 집에서 키우던 접란이 보여준 드라마가 떠오른다. 겨우내 비실거리던 접란 한 포기가 있었다. 뿌리가 제대로 자라지 못했는지 잎이 중심을 잡지 못하고 귀신 머리채처럼 이쪽으로 휙, 저쪽으로 휙 왔다 갔다 했다. 식물은 줄기를 온전히 세우기 위해 자기가 가진 에너지 상당 부분을 써버린다. 그대로 두면 생명이 사그라든다. 그래서 접란 뿌리를 돌로 살짝 누르고, 조금 더 큰 돌로 받침대를 만들어 줄기를 세워주었다. 상태가 나아지는 것 같지 않았다. 이젠 끝나가는구나 싶었다. 인공 호흡을 하는 마음으로 나무젓가락 한 짝을 흙에 꽂아 지지대를 세워 접란 줄기를 기대주고, 물을 흠뻑 준 다음 화분을 햇빛이 잘 드는 창가 앞으로 옮겼다. 며칠 후 본 접란은 물이 올라 줄기가 단단해져 있었다. 잎은 오일 크레파스를 바른 것처럼 선명한 풀색을 띠며 윤기가 돌았다. 꺼져가던 생명이 살아난 것이다. 손뼉을 쳐 환영했다. 접란 잎 사이로 처음 보는 긴 빨대 같은 줄기 한 가닥이 보였다. 그냥 둬야 하나 잘라 줘야 하나 망설여졌지만 며칠 더 지켜보기로 했다.

줄기는 점점 더 길어져 화분을 올려둔 선반에서 바닥에 닿을 듯 길어졌다. 그 줄기를 '러너' 또는 '포복경'이라 부른다. 며칠 후, 러너 마디마디마다 꽃이 피었다. 하얀 꽃잎에 노란 꽃술이 있는 소박한 꽃이었다. 그와 동시에 작은 접란 새끼묘들이 러너 군데군데 자리 잡았다. 조금 더 지나자 포복경 세 줄기가 더 뻗어 나왔고, 작은 새끼묘들이 주렁주렁 매달려 발처럼 늘어졌다.

아기 접란 뿌리가 손가락 한 마디 정도씩 자랐을 때 러너를 적당한 길이로 잘랐다. 뿌리가 다치지 않게 조심조심하며 묘를 하나씩 따냈다. 그걸 몇 뿌리 모아 유리컵에 물을 채워 담아 수경 재배하기도 하고, 엄마 접란 화분 위에 올리기도 하고, 세라믹 돌을 넣은 화분에 홍콩야자와 함께 담아 멋을 부리기도 했다. 그러고도 남아 토분에 흙을 담아 심어 주었다. 모든 형태의 화분에서 잘 자라 한 개였던 접란이 화분 일곱 개로 늘어났다. 꺼져가던 생명이 다시 살아나는 드라마에 마음이 따뜻했다.

무엇인가 시작하기 좋은 봄, 누구나 어디에서나 키울 수 있는 접란이 있다. 접란은 병충해도 거의 없고, 어디서든 잘 자라며, 번식도 잘하고 가격도 민주적이다. 자연 속을 거니는 동안, 식물을 돌보는 동안 감각이 섬세하게 살아난다.

'괜찮겠지'는 사실, 괜찮지 않다

●

미스김라일락

물이 잘 빠지는 흙에 담아, 바람이 잘 통하고 해가 잘 드는 곳에서 키운
다. 꽃이 핀 다음 열매를 맺기 전 꽃대를 잘라준다. 국내에서 가장 많은
종류의 라일락이 있는 곳은 신구대학교 식물원으로, 국립수목원과 함께
만든 국내 최초의 라일락 전문 전시원이다.

처음 회색 벽돌집을 만났을 때가 아직도 생생하다. 경기도 건축문화상을 받은 신재호 대표가 지은 집으로, 대지가 작은 도심의 주택이지만 땅과 닿는 공간이 많았다. 현관 출입구 앞쪽엔 단풍나무와 소나무가 반기는 꼬마 정원이, 지하엔 단풍나무와 배롱나무가 서 있는 마당이, 옥상엔 잔디가 깔린 땅이 있었다. 옥상엔 사과나무, 배나무, 감나무, 대추나무, 포도나무를 한 그루씩 키우고 지하 성큰 가든에선 채소를 키워 먹을 생각이었다. 파란 하늘을 배경으로 초록 잎 나무에 주렁주렁 맺혀 있는 열매를 상상하니 그곳이 곧 에덴동산 같았다.

나무를 심으려면 흙의 깊이가 적어도 1미터는 되어야 했다. 옥상에 깔린 흙의 깊이는 그 반쯤 되었다. 옥상 땅에 바로 심기는 어려워 보였다. 땅에 심을 수 없다면 화분에 심어 키울 수도 있었다. 흙이 얼마나 필요할까 계산을 해보았다. 흙 1세제곱미터의 무게는 약 1.7톤 정도, 물을 먹으면 1.9톤 정도로 추정한다. 나무 다섯 그루를 심으려면 옥상은 10톤 정도의 무게를 견뎌야 했다. 신재호 대표에게 옥상에서 나무 키울 계획을 말하니 너무 무거울 것 같다며 반대했다. 지금 잔디가 깔린 정도로 사용하는 것이 좋겠다고 말했다. 빨간 사과, 주황 감, 연두 포도 열매가 머릿속에서 비눗방울처럼 터져 사라졌다.

그래도 옥상엔 잔디도, 가느다란 나무도 몇 그루 있었다. 잔디 향이 폴폴 풍기는 옥상이 좋아 자주 올라갔다. 잔디 위에 원터치 텐트를 펴고 누워 새파란 하늘을 보며 책을 읽었고, 남편과 아들은 야구공과 글러브를 갖고 와 캐치볼을 했다. 컵라면을 끓여 먹고 텐트 안에서 낮잠을 청하기도 했다. 두어 번 했을까. 찬 바람이 불어 추워진 다음엔 옥상에 올라갈 일이 없었다. 그러다 봄이 오고, 날씨가 점점 따뜻해지니 텃밭이라도 해볼까 싶었다. 계단을 올라 옥상에 다다랐을 때, 잔디가 여전히 누런 겨울옷을 입고 있는 것을 보았다. 텃밭은 아직 이른가 싶어 돌아서는데 꽃향기가 일랑일랑 코끝을 스치고 지나갔다. 고개를 들어 향기가 오는 곳을 찾았다. 옥상 정원 모서리, 가느다란 나무에 흰색 분홍색 꽃이 보였다. 고뿔 모양으로 조롱조롱 매달려 있는 라일락이었다.

우리 집 옥상에 있는 라일락은 미스김라일락이다. 이름이 특이한데, 식물은 가장 처음 학명으로 등록하는 사람이 이름을 붙이고 권리를 주장할 수 있다. 이름에 '미스김'이 붙게 된 배경은 다음과 같다. 한국전쟁 중이던 1947년 미국인 식물 채집가 엘윈 M. 미더가 북한산에서 야생의 수수꽃다리를 채취해 본국으로 가져가 원예종으로 개량했는데, 당시 그와 같은 사무실에서 근무하던 여직원의 성을 붙인 것이다. 그래서 미스김라일락은 우리나라 자생종인데도 불구하고 미국에 로열티를 지불한다.

미스김라일락 나무 앞에 서서 꽃에 코를 대고 향기를 맡았다. 꽃향기가 갓 구워낸 마들렌처럼 달콤했다. 살아 있는 꽃이 풍기는 향기에선 싱싱한 생명의 힘이 느껴졌다. 꽃향기를 집 안에서도 즐기고 싶은 마음으로 꽃대를 꺾어와 화병에 꽂았다. 꽃병을 올려둔 책장 곁을 지날 때마다 라일락 향기는 마음을 말랑하게 채워주었다. 꽃대를 꺾을 땐 어쩐지 미안한 마음이 들지만, 정원에서 기르는 라일락은 오히려 꽃대를 잘라주는 편이 좋다. 그대로 두면 씨앗을 맺는 데 온 힘을 소진해 다음 해 꽃이 약해지기 때문이다.

어느 해 봄, 옥상의 라일락 색이 예년보다 흐릿하다고 느꼈다. 전해 꽃대를 잘라주지 않고 두었더니 나무의 기운이 약해진 것 같았다. 미스김라일락은 봄마다 아름다운 꽃과 진한 향기로 큰 기쁨을 주는데 나도 뭔가 해줘야지 싶었다. 곧바로 비료 몇 봉지를 들고 옥상에 올랐다. 비료 설명서엔 물에 희석해 도포해야 한다고 쓰여 있었지만 야외에선 비가 올 때마다 조금씩 녹으니 괜찮을 것 같았다. 고기에 소금 간하듯 라일락 근처에 비료 알맹이를 살살 뿌려주었다. 거의 다 주었을 때쯤 비료가 국 속으로 와락 쏟아지는 소금처럼 풀 위로 떨어졌다. 악. 식물에게 희석하지 않은 비료를 많이 주는 것은 제초제를 주는 것과 다르지 않다. 물은 농도가 낮은 곳에서 높은 곳으로 이동하기 때문에 식물이 품고 있는 수액이 빠져나가 생육 상태가 나빠진다. 아이참. 머리를 쥐어박고는 풀숲을 한 가닥 한 가닥 헤치며 쏟아진 비료를 도로 주워 담았다. 상당 부분 걷어내 괜찮겠지, 했다.

봄비가 몇 번 내렸다. 라일락이 얼마나 예쁘게 피었을까. 소담하게 핀 하얀 꽃, 분홍 꽃으로 꽃 고등을 만든 라일락과 실크 스카프같이 부드럽게 감싸줄 향기를 상상하며 옥상에 올랐다. 올라가자마자 눈앞에 나타난 모습은 비실비실하게 핀 라일락 몇 송이와 잎을 다 떨어뜨린 채 쪼그라든 나무였다. 비료를 주기 전엔 고개를 꼿꼿이 들고 드레스업 한 커리어우먼 같은 라일락이었는데… 괜찮겠지, 하며 희석하지 않고 준 비료가 독이 된 것이다. 베인 상처에 소독약을 뿌린 것처럼 눈물이 찔끔 났다. '괜찮겠지' 하는 일은 괜찮지 않은 일을 가져온다.

미국 동화작가 메리 메이프스 도지가 쓴《Hans Brinker, or The Silver Skate》(한스 브링커의 은빛 스케이트)는 네덜란드에서 구멍 난 댐을 손으로 막아 조국을 구한 소년 이야기를 담고 있다. 괜찮겠지, 넘어가는 대신 손으로 작은 구멍을 틀어막았기 때문에 댐이 무너지지 않았다. 나도 소년처럼 조그마한 비료 한 알도 놓치지 말았어야 했다.

미스김라일락은 '괜찮겠지'가 '괜찮지 않다는 걸' 알려주었다. 떠난 나무를 뽑아내고 그 자리에 새 라일락을 심었다. '괜찮겠지' 할 때마다 마른 라일락이 떠오르고, 하려던 일을 처음부터 다시 점검하게 된다.

안 해본 일을 하자

●

아보카도

아보카도를 먹고 난 다음 씨앗을 흙에 심는다(이때 씨앗에 과육이 묻어 있으면 발아 확률이 낮아지므로 깨끗하게 제거해야 한다). 집 안에서 햇빛이 가장 잘 드는 곳에 두고 흙이 마르지 않게 촉촉하게 분무해주면 하절기 기준 한 달 안팎으로 싹이 난다. 싹이 난 다음엔 2주 정도 간격으로 물을 준다.

유치원생 아들은 몸집이 작았다. 내가 바닥에 양반 다리하고 앉아 책을 보고 있으면 아들은 내 품에 엉덩이를 밀어 넣고 등을 내 가슴팍에 기대며 앉았다. 그땐 아들 정수리 끝이 내 턱에 닿았다. 거실 좌탁 앞에 포개 앉은 채로 함께 색칠 공부를 했다. 아들은 꼭지를 돌리면 심이 나오는 굵은 색연필을 쥐고 워크북에 1, 2, 3, 4를 그렸다. "엄마, 이건 뭐야?" "그건 7이지." 이런 이야기를 나누며 앉은 자리에서 책 한 권을 다 채워 넣었다.

어떤 날은 함께 동화책을 읽었다. 그날의 동화책은 《아기 힘이 세졌어요》였다. 주인공은 아가였다. 몸이 허약한 가족에게 아기가 태어났는데, 아기도 몸이 약했다. 엄마가 밥을 먹기 싫어하는 아가에게 밥 대신 아보카도를 먹였더니 갑자기 아가의 힘이 아주아주 세졌다. 아가는 피아노도 번쩍 들어 옮기고, 자동차를 밀어주기도 했으며, 집에 들어온 도둑도 잡았다. 장난감 자동차를 손에 쥐고 바퀴를 굴리며 이야기를 듣던 아들의 움직임이 멈췄다.

"엄마, 아보카도가 뭐야?"

"과일인데, 초록색 껍질을 하고 주먹만 하게 생겼어."

"무슨 맛이야?"

캘리포니아롤에 들어 있는 아보카도를 먹어본 적은 있지만 아보카도만 따로 떼어 먹어본 적이 없었다. 무슨 맛이라고 설명하려니 어려웠다.

"무슨 맛인지 궁금한데. 어디 가면 있어?"

"백화점에 가면 있을 거야."

"그럼 백화점에 가자."

"그래, 다음에 백화점에 가면 아보카도를 사보자."

백화점 슈퍼마켓에서 장을 보는데 아들이 아보카도가 어디 있냐고 물었다. 아보카도 한 알이 6천 원이었다. 아들은 두 개를 사자고 했다. 수박 한 통의 가격이었다. 야구공만 한 아보카도와 농구공만 한 수박을 번갈아 보다 아들에게 아보카도를 먹어보고 맛있으면 또 사자고 설득해 한 개만 사 들고 집으로 돌아왔다. 집에 오자마자 아들은 아보카도를 먹어보자고 한다. 깎아 주니 "이걸 먹으면 정말로 힘이 세질까?" 궁금해 죽겠다는 얼굴로 입에 넣는다. 아보카도를 입안 가득 넣고 우물우물할 때마다 아들 표정에서 웃음기가 사라졌다. 아들은 아무 '맛'이 없다며 포크를 내려놓고 식탁을 떠났다.

수박 반 통 가격을 주고 산 아보카도를 버릴 순 없었다. 이런 경우 남은 음식은 보통 아까워서 버리지 못하는 사람의 몫이 된다. 결국 남은 아보카도는 내 차지가 되었다. 아들 말대로 아보카도만 먹으니 정말 아무 맛 없이 심심했다. 어쩔 수 없어 먹었다. 그런데 아무 맛이 없는 건, 아무리 먹어도 질리지 않는 장점이 된다.

여섯 살 아들이 열일곱이 되는 동안 아보카도는 슈퍼푸드로 알려지며 위상이 달라졌다. 덕분에 마트에서도, 동네 과일가게에서도 쉽게 만날 수 있는 과일이 되었다. 요즘엔 아보카도를 자주 먹는다. 깍두기 모양으로 썰어 명란과 와사비 김과 함께 싸 먹기도 하고, 밥과 아보카도와 달걀 프라이를 버무려 간장과 참기름을 둘러 먹기도 하고, 핑크 소금을 뿌리고 꿀 한 티스푼을 섞어 디저트로 먹기도 한다. 안남미로 지은 밥에 토마토 살사를 얹어 아보카도와 함께 먹으면 든든한 한 끼 식사가 된다. 이렇게 먹다 보니 아보카도 씨앗이 많이 생겼다. 처음엔 별생각 없이 버렸다. 식물과 함께 살기 시작하며 씨앗은 생명을 품고 있다는 걸 알았다. 큰 씨앗은 에너지도 많이 품고 있다. 아보카도 씨앗을 버리기 미안했다. 아보카도는 어떤 싹을 틔우고, 어떤 잎이 날까? 실내에서도 자랄까? 열매도 맺을까? 궁금했다.

호기심이 생긴 나는 아보카도 씨앗 몇 개를 옥상 텃밭에 심었다. 가끔 올라가 씨앗 심은 자리를 확인했는데 아무 소식이 없었다. 흙에 바로 심으면 발아율이 낮은 건지, 우리나라 기후엔 무리인 건지 싹이 하나도 안 보였다. 그러려니 했다. 자연 속에선 씨앗 열 개를 심어도 몇 개가 싹 틀지 자신할 수 없다.

가을이 되어 텃밭을 정리하고 있었다. 화분 속에서 처음 보는 황금빛 연두색이 보였다. 바람결에 날아온 신종 잡초인가 싶어 잎을 낚아채듯 쥐어 잡고 뿌리를 뽑으려 잡아당겼다. 그런데 잘 뽑히지 않았다. 뿌리가 나무처럼 튼튼하게 자라 있었다. 혹시 아보카도인가 싶어 스마트폰을 꺼내 검색해보니 잎 모양이 똑같았다. 너무 반가웠다.

아보카도의 고향은 중앙아메리카와 서인도제도 뜨거운 곳이라 한국의 혹독한 겨울을 날 수 없다. 꽃삽을 들고 화분 속 아보카도 뿌리를 사방 30센티 주사위 모양으로 잘랐다. 화분에 옮겨 심어 집 안으로 데리고 들어왔다. 아보카도와 눈이 마주칠 때마다 웃는 얼굴이 된다. 옥상에서 연초록 잎을 쏙 내밀고 인사하던 아보카도의 싱그러움이 떠오른다.

아보카도는 집 안에서도 꾸준히 자라 옆 가지가 생겼다. 수평으로 가지를 뻗어 잎을 탁 떨어뜨린 모습이 마치 양팔을 가로로 뻗은 다음 고개를 숙이고 다음 동작을 기다리는 무용수 같았다. 춤추는 아보카도 모습을 남기고 싶었다. 사진으로 찍었는데 그 느낌이 잘 살지 않았다. 그림으로 남겨보면 어떨까. 책상 서랍을 뒤져 물감과 팔레트를 꺼냈다. 3H 연필을 들어 밑그림을 그리고, 붓에 연두색과 초록색 수채화 물감을 묻혀 칠했다. 아보카도 나무가 옆에서 붐비나를 들고 양옆으로 흔들며 흥을 북돋워준다. 나무를 다 그리고 나니 따뜻하게 데운 우유에 설탕 한 스푼을 넣어 마셨을 때처럼 흡족했다.

안 해본 일을 할 때마다 행동은 멈칫거린다. '그런 거 해서 뭐해', '귀찮아', '안 되면 어떻게 하지?'가 수미쌍관을 이룬다. 그저 궁금해서 씨앗을 흙에 심었을 뿐인데 아보카도는 싹을 틔우고 가지를 내밀어 나를 보고 계속 웃으며 춤을 춰준다. 무언가 망설일 때마다 이런 기쁨도 있다고, 주저하지 말고 그냥 해보라고 말하는 것 같다.

트라우마 지우기

●

관음죽

'일본 관음산에 사는 대나무'라는 뜻으로, 에도 막부 시절 유럽과 아메리카로 수출되었다. 나사의 공기정화식물 실험에서 2위에 선정되었고, 암모니아를 잘 제거해서 화장실이나 신발장 등 냄새가 나는 공간에 두면 좋다. 반그늘에서도 잘 자라고 건조에도 강하다.

가끔 꾸는 꿈이 있었다. 꿈속엔 어떤 사무실이 보인다. 유리문을 열고 들어가면 책상이 가득하다. 밖은 컴컴하고, 희미한 가로등 불빛이 비친다. 형광등 켜진 사무실 안 어두컴컴한 구석엔 숱 많은 관음죽 화분이 서 있었다. 검은색 모자를 뒤집어써서 얼굴이 반쯤 그늘진 마귀할멈처럼 음산한 기운이 풍겼다.

오른쪽으로는 책상 두 열이 나란히 놓여 있다. 맨 끝엔 데스크 자리가 있고, 데스크는 기자들 책상을 바라보고 있다. 두 개를 마주 붙여 네 줄, 총 여덟 개의 책상이 있었다. 데스크 가까운 자리부터 경력이 많은 순으로 앉았다. 맨 위엔 머리에 서리가 내려앉은 선배가, 그 맞은편엔 질 샌더 코트를 입은 선배가 있다. 내 자린 맨 끝이었다. 책상 위엔 읽다 만 잡지, 신문과 대지와 교정지가, 책상 양옆으론 종이 쇼핑백이 여러 개 쌓여 있다. 이 사무실은 내 첫 직장의 모습과 닮았다. 나는 그 사무실에서 원고도 마감하고, 자장면도 시켜 먹고, 새벽까지 노트북을 두들겼고, 선배들의 빨간 펜 첨삭을 받으며 글을 배웠다. 이 직장은 IMF 이후 문을 닫았고, 나는 스물다섯에 실업자가 되었다.

　대학교에 다닐 때도 늘 아르바이트를 했고, 졸업 전 취업해 항상 투잡이었다. 정신없이 바쁘던 직업인이 직장이 사라져 공백이 생겼을 땐 이참에 좀 쉬지 싶어 반갑기도 했다. 일주일쯤 지났을까. 이대로 직업을 구하지 못하면 어떻게 하나 걱정이 되기 시작했다. 텔레비전에선 IMF로 구조조정을 하는 회사, 부도난 중소기업 이야기가 흘러나왔다. 일자리가 없어 졸업생들의 취업 전선에 이상이 생겼다고 했다. 계속 뒹굴뒹굴하며 시간을 보낼 순 없었다. 언제든 다시 일할 수 있도록 그동안 미뤄왔던 일을 했다. 그간 만든 잡지를 잘라 포트폴리오를 만들고, 모델, 홍보, 마케팅, 거래처의 연락처 리스트를 만들었다. 다른 잡지를 보며 트렌드도 체크했다.

　선배들은 가끔 막내를 불러 밥도 사주고, 술도 사주었다. "선배, 선배, 저는 그동안 못 한 일을 하고 있어요. 모델, 홍보, 마케팅, 거래처 연락처도 모두 정리해두고, 기사도 스크랩하며 정리했어요"라고 말했다. 이 이야기를 들은 선배가 농담처럼 말했다. "그렇게 다 만들었는데 다시 쓸 일이 없으면 어떻게 해?"라고. 선배들은 다 웃었지만 나는 웃지 못했다. 굳은 얼굴로 "에이, 설마요"라고 대답한 게 전부였다.

좋아하는 일을 하지 못하게 됐는데 손 놓고 있을 순 없었다. 시중에 나와 있는 잡지를 뒤져 잡지사로 이력서를 보냈다. 일자리를 구하려고 여기저기 이력서를 보내고 연락하는 게 옆 팀 선배 귀에 들어간 모양인지 선배로부터 전화가 걸려왔다. 선배는 나에게 부끄러운 일을 하지 말고 그냥 있으라고 했다. 다 알아서 연락이 온다고. 그런데 나에겐 아무 데서도 연락이 오지 않았다. 지금은 알겠다. 일을 잘했으면 가장 먼저 연락이 왔을 것이다. 실력이 부족하니 연락도 오지 않은 것이다. 어쩌면 농담처럼 다시 쓸 일이 없으면 어떻게 하냐고 말했던 선배는 괜한 시간 낭비하지 말라고 에둘러 이야기한 걸지도 모르겠다.

그 일은 가끔 한 번씩 꿈에 나왔다. 그러면 식은땀을 흘리며 잠에서 깼다. 또 그 꿈을 꾸었네. 이미 오랜 시간이 지난 일인데 마음을 쓰는 소심한 내가 못나게 느껴졌다. 그 꿈뿐이 아니었다. 나에겐 자다가 땀에 폭삭 젖어 깨는 꿈이 몇 개 있었다. 그 꿈들의 공통점은 다시 일어나면 견딜 수 없을 것같이 힘든 일, 너무 부끄러워 지우개로 벅벅 문질러버리고 싶은 일, 두려워 도망치고 싶은 일이었다.

글쓰기 노트에 그런 꿈을 하나하나 기록하기 시작했다. 혼자 보는 글인데도 글로 쓰는 것마저 부끄러워 진땀이 났다. 어느 날 문득 생각해보니 꿈속 사무실 구석에 있던 관음죽의 어둠이 걷혀 생기 있는 초록색으로 보였고, 나는 더 이상 식은땀 흘리는 꿈을 꾸지 않았다.

트라우마 극복에 대해선 스탠퍼드 대학의 명예교수인 반두라의 뱀 공포증 치료 연구를 참고할 만하다. 반두라는 공포증 환자 수천 명을 치료한 경험이 있는 심리학자로, 공포증을 치료하기 위해선 인내심이 필요하다고 말한다. 일반적으로 공포증 치료를 위해선 난이도를 조금씩 높여가는 방법으로 접근하지만 어떤 경우는 하루도 채 걸리지 않았다.

뱀 공포증을 치료하기 위해선 이런 방법을 쓴다. 방 안에 유리 상자를 두고, 그 안에 뱀을 넣은 다음 천을 덮어 뱀이 보이지 않게 한다. 그리고 그 방에 들어가는 것이다. 공포증이 있는 사람들은 처음엔 방 근처에도 가지 못한다. 근처로 가고, 문을 열고, 방에 들어가고, 그다음엔 유리 상자 가까이 가고, 상자에 덮어씌운 천을 걷는 것으로 접근한다. 공포증 환자는 단계마다 엄청난 저항을 경험한다. 그러나 어떤 사람들은 방에 들어가자마자 바로 뱀을 보기도 한다. 재미있는 사실은 뱀을 본 다음엔 공포증이 씻은 듯이 사라진다는 점이다.

평생 뱀 공포증이 있었던 사람이 치료되면 삶이 달라진

다. 극복하지 못할 것 같았던 공포를 기어이 극복한 경험은 '나'에 대한 믿음을 바꾼다. 사람들 앞에서 두려움 없이 이야기하거나, 평소에 즐기지 않던 운동에 도전하거나, 새로운 가능성을 찾는 등 행동이 달라진다. 내가 처한 상황을 바꿀 수 있다는 믿음은 인생에서 더 어려운 과제를 만났을 때 도전할 수 있게 돕는다.

이 믿음이 '자기 효능감'이다. 자기 효능감은 나에게 무엇을 할 수 있는 힘이 있다고 믿는 것이다. 이 힘은 어려운 일을 마주쳤을 때 참을 수 있는 힘을 길러주고, 실패나 장애물을 만났을 때 잘 대응할 수 있도록 이끈다. 뱀 공포증을 예로 들었지만 우리에겐 여러 가지의 공포증이 있다. 실패에 대한 두려움, 비난에 대한 두려움, 식물이 죽는 것에 대한 두려움 등등. 우리는 두려움을 극복할 때 나아갈 수 있다.

힘든 일을 지나는 중이라면 선택할 수 있다. 이대로 상처를 끌어안고 악몽을 꾸며 살 것인가, 아니면 어떻게든 문제를 해결하며 나아갈 것인가. 우리의 인생은 한 번뿐이고, 시간은 앞으로 갈 뿐 뒤로 돌아오지 않는다.

우린 언젠가 기어이 싹을 틔운다

●

파파야

파파야를 채 썰어 라임즙, 고춧가루, 피시소스, 땅콩, 설탕 조금을 섞어
절구에 찧으면 태국식 샐러드 '쏨땀'이 된다. 한 바가지 냉큼 먹을 수 있
을 만큼 입맛을 돋우는 음식이다. 익기 전의 파파야는 고기 분해 효소가
풍부해 고기를 부드럽게 하고, 소화를 돕는다.

식물 200개와 함께 살며, 이렇게 좋은 걸 다른 사람들과 함께하고 싶다는 마음이 들었다. 어떻게 하면 이 좋은 것을 알릴 수 있을까? 내게 가장 익숙한 도구는 '글'이었다. 사회 초년병 시절 매거진 에디터로 일하며 마감을 쳐냈던 수많은 밤이 있었기 때문이다.

나는 글쓰기 플랫폼 브런치에 연재를 시작했다. 운 좋게도 이 연재물은 여러 사람의 공감을 얻어 추천작으로 선정되었고, 덕분에 출판사로부터 출간 제의가 쏟아졌다. 첫 책의 계약서를 작성했을 때 나는 그동안 브런치에 쓴 글을 긁어 복사하고 워드 파일에 붙여 넣을 셈이었다. 글의 양이 책 한 권만큼 충분하겠거니 했다. '식물 킬러 어둠의 손들에게'를 포함한 몇 개의 글을 한글 프로그램으로 옮기고 읽어보았다. 웹에서 볼 땐 재미있다고 생각했던 글인데 문서 화면에서 읽으니 문장이 툭 끊기고, 툭 끊겨 돌부리에 차이는 것만 같았다. 눈 딱 감고 모른 척하고 싶었다. 한글 프로그램에 몇 개의 글을 더 붙여 넣다 포기했다. 아무리 후하게 쳐줘도 책으로 읽고 싶은 글은 아니었다. 결국 원고를 전부

새로 다시 썼다.

　원고를 쓰는 동안 매일매일 롤러코스터를 타는 것 같았다. 글이 잘 써질 땐 '내가 이렇게 좋은 글을 쓰다니! 베스트셀러 작가가 될지도 몰라!'라는 기대와 설렘에 온몸이 풍선처럼 부풀어 올라 하늘을 나는 기분이었다. 반대로 글 쓰는 속도가 더딜 땐 열차가 땅바닥으로 내리꽂히는 것처럼 그대로 땅속으로 사라져 마감을 하지 못할까 봐 두려웠다. 잘 써지는 날과 안 써지는 날을 왔다 갔다 하는 동안 어질어질 멀미가 이어졌다. 과연 원고를 마감할 수 있을까. 시간은 속절없이 흘렀고, 마감일은 눈앞으로 다가왔다. 마른걸레를 쥐어짤 때처럼 글자를 한 자 한 자 이어 붙여 겨우겨우 원고지 669매를 만들었다. 마감일 이틀 전이었다. 얼마나 어지러웠던지, 첫 원고를 탈고하며 나는 다시 책을 쓰는 일은 없을 거라고 생각했다.

　광산에서 캐낸 투박한 원석은 베테랑 편집자 박나미 팀장과 어나더페이퍼의 손을 거쳐 보석이 되었다. 《우리 집이 숲이 된다면》은 출간되자마자 베스트셀러가 되었다. 어, 어, 하는 동안 온라인 서점 YES24에서 '오늘의 책'에 선정되며 베르나르 베르베르의 신간과 나란히 화면에 진열되었다. 꿈같은 일이었다. 첫 책 출간 이후 사람들은 나를 '작가'라고 불렀다. 다시는 책을 쓰지 않을 계획이었기 때문에 '작가'라는 호칭이 맞지 않는 아빠 양복처럼 부대꼈다. 그러던 어느 날, 우연히 본 어느 베스트셀러 작가의 인터뷰가 머릿속에서 뱅뱅 맴돌았다. 그는 책을 적어도 세 권 이상 쓴 작가의 책만 읽는다고 했다. 나도 세 권은 쓴 작가가 되고 싶다는 생각이 움텄다. 그래, 두 권은 더 써보자. 그런 마음이 들 때 출판사의 접촉이 있었다. 그 책은 《우리 집은 식물원》이 되었다. 세 번째 책은 에세이였다. 마감하는 데 걸리는 시간을 두 달로 잡았다. 2019년 여름, 아들이 6학년이었고 방학을 맞이한 때였다. 방학이니까 학교에 가지 않으니 내 시간을 조금 더 확보할 수 있을 거라 생각했다. 그런데 아니었다. 삼시 세끼 아들 식사를 준비하며 책을 써야 했다. 문장이 이어 붙을라치면 점심시간이 되고, 한 꼭지가 되려고 하면 저녁 시간이었다. 정신이 툭툭 끊어진 찰흙 반죽 같았다. 어떻게 해도 집중이 되지 않아 책상의 위치도 바꿔보고, 스튜디오에서 써보기도 하고, 드레스룸에 책상을 갖다 놓고 아지트 삼아 글을 빚었다. 그래도 속도가 나지 않았다. 어쩌나. 포기하는 심정이 되었다. 마감을 미뤄달라고 말할까.

기운이 빠졌다. 벽에 기대앉아 숨을 고르며 창밖을 바라보았다. 발코니 화분 속에서 잎사귀들이 나를 보며 손을 흔들고 있었다. 파파야였다. 파파야를 먹은 후 씨앗이 너무 많길래 혹시나 싹이 틀까 싶어 화분에 심고 잊어버렸다. 장마를 지내며 여름의 비와 햇빛을 충분하게 마신 파파야는 어느새 키가 손가락 세 마디만큼 자라 있었다. 나란히 늘어선 파파야를 보며 나는 에너지가 손끝까지 차올랐다.

파파야가 잘 보이는 곳으로 책상을 옮기고, 발코니를 바라보며 세 번째 책의 원고를 썼다. 바닥에 내려앉아 파파야 잎을 마주 보며 글을 쓰다가 문장이 막히면 물뿌리개에 물을 받아 파파야 잎을 손으로 만지며 물을 주었다. 내친김에 레모네이드를 만들고 건져낸 레몬 씨도 심었다. 레몬도 싹을 틔웠다. 파파야와 레몬은 비가 올 때마다 쑥쑥 자랐고, 생명의 에너지 덕분에 글도 진도를 뺄 수 있었다.

글 쓰는 동안 냉장고 속 재료들을 살필 여유가 없었다. 냉장고 깊은 곳에서 토마토를 발견했을 때, 버리기엔 뭐하고 먹기엔 너무 시든 애매한 상태였다. 꼭지 부근엔 살짝 곰팡이가 보이는 것 같았다. 토마토는 땅에 심으면 어떨까. 토마토를 도마 위에 놓고 가로로 잘라 텃밭 상자에 심었다. 설마 이게 싹이 틀까. 궁금한 마음을 연료 삼아 또 원고지 몇 장을 썼다.

그다음 옥상에 올라갔을 때 생명의 신비를 보았다. 가

로로 심은 토마토 조각을 따라 토마토 싹이 씩씩하게, 촘촘하게 솟아올라 있었다. 바글바글 틔운 싹의 생명력이 경이로웠다. 파파야도, 레몬도, 토마토도 싹을 틔우는 동안 나는 《초록이 가득한 하루를 보냅니다》의 원고, 원고지로 779매, 14만 자를 써냈다.

여름이 지난 텃밭, 토마토는 자기답게 자라 열매를 맺었다. 주먹만 하게 자란 토마토를 따와 흐르는 물에 씻었다. 육 등분한 다음 한 조각을 입에 넣었다. 지금까지 먹었던 그 어떤 토마토보다도 보드랍고 상큼했다.

파파야도, 레몬도, 토마토도, 나도, 살아 있는 것들은 언젠가 싹을 틔운다. 결국 생명은 언젠간 기어이 자기 모습대로 싹을 올린다. 다음 책을 쓰지 못할 것 같았던 나는 어느새 여섯 번째 책을 쓰고 있다.

자기만의 속도가 있다

●

살구나무

살구는 후숙이 되지 않으므로 딱 알맞게 익은 것을 골라야 하고, 잘라 말
려 겨울에 먹는 게 좋다. 달콤한 맛과 달리 약간의 독성이 있어 많이 먹지
않도록 한다. 살구씨는 폐와 기관지 강화에 도움을 주어 약재로 쓴다.

회색 벽돌집과 이페나무 집 사이엔 작은 정원이 있다(회색 벽돌집은 우리 집, 이페나무 집은 앞집이다). 두 집은 각자의 공간에 벽을 세우는 대신 경계를 허물어 두 배로 넓게 쓰기로 했다. 덕분에 우리 집 거실에선 두 집의 마당이 마치 내 집의 정원처럼 보인다.

회색 벽돌집 마당엔 잔디가 깔렸고, 가느다란 소나무 네 그루가 서 있었다. 이페나무 집 정원엔 잔디와 함께 사철나무와 철쭉, 단풍나무가 있었다. 단풍나무는 수형이 잘생겼고 11월쯤 가장 화려해졌다. 그때 단풍나무 잎은 연두색부터 새빨갛게 물드는데, 그 모습이 마치 루비와 에메랄드로 장식한 조선 왕실 활옷 같았다.

도시의 작고 소박한 마당이지만 정원엔 손길이 필요했다. 잔디 잎새가 아들 목덜미의 머리카락처럼 배죽배죽 자라면 이발할 시점이었다. 잔디 깎는 기계를 꺼내 손잡이를 누르면 뚜두두둑 하는 소리와 함께 잔머리가 다듬어졌다. 우리 집 마당을 깎는 김에 앞집 잔디도 함께 잘랐다. 깎은 잔디를 모으는 통이 꽉 차면 종량제 봉투에 쏟아붓고, 봉투를 발로 꾹꾹 누른다. 잘린 잔디는 생각보다 무거워 통을 들고 봉투에 쏟아붓는데 자꾸 밖으로 쏟아졌다. 손이 서툴러 시간이 오래 걸렸다. 왜 사서 이 고생을 하고 있나 싶다가도 싱그러운 잔디 향이 코끝으로 밀려 들어오면 감사했다. 향기는 영혼에 뿌리는 성수 같았다. 그 향이 세포 끝까지 닿아 정신이 깨어났다. 가능하다면 잔디 향기를 햇빛에 말려 그리울 때마다 우려 마시고 싶었다. 이페나무 집 덕분에 두 배 어치의 향기를 즐길 수 있었다. 잔디 깎는 날엔 창문을 활짝 열었다. 집 안 구석구석에 잔디 향이 배어들길 바라면서.

남편은 잔디만 있는 간소한 정원이 썩 마음에 들지 않는 눈치였다. 어쩌면 남편이 잔디를 깎기 때문인지도 몰랐다. 남편은 정원 공사를 다시 하자고 여러 번 말했고, 잔디 향기가 좋은 나는 못 들은 척했다. 마침 이페나무 집에서 정원 리모델링 생각이 있다는 걸 알게 된 남편은 정원에서 잔디를 걷어내자고 주장했다. 사실 잔디가 자라기엔 햇빛이 다소 부족해 잡초가 차지하는 면적이 점점 늘고 있었다.

오래 고민하다 나는 나무 한 그루를 심는 조건으로 잔디를 걷어내는 데 동의했다. 조경 업체에선 계수나무를 권했다. 계수나무 잎은 하트 모양이고, 비가 오면 초콜릿 향이 풍겨 식재하는 곳마다 반응이 좋았다고 한다. 계수나무를 심을까, 양반집에 많이 심었다던 회화나무를 심을까, 열매를 따 먹을 수 있는 사과나무를 심을까. 마음 같아선 대추나무도 감나무도 배나무도 심고 싶었다. 아쉽게도 우리에겐 딱 한 그루 심을 정도의 공간만 있었다.

　나무를 직접 보고 정하기로 하고, 주말에 조경 업체의 농장을 들렀다. 주인이 맨 처음 계수나무를 보여주는데 잎에서 느껴지는 차가운 푸른 기가 꺼려졌다. 다음으로 본 나무는 알프스 사과나무였다. 잎 모양이 귀여웠지만 사과나무는 집에 심지 않는 것이 좋다고 들어 패스했다. 그다음 나무를 보러 농장 길을 따라 걷는데 좋은 기운이 느껴지는 나무가 있었다. 남편과 아들도 그렇게 느꼈다. 이름을 물으니 살구나무라 했다. 너무 반가웠다.

　박완서 선생의 《호미》를 읽다 보면 살구나무에 대한 이야기가 여러 번 등장한다. 살구꽃이 풍성하게 피어 아름답고, 살구를 주워 잼을 만들어 나누고, 살구나무 가장귀를 쳐주어야 했는데… 그런 이야기들이다. 선생의 살구나무 모습이 궁금해 혹시 사진이나 그림으로 남겨진 게 있는지 선생의 수필집, 인터뷰 사진을 뒤졌는데 찾지 못했다. 포기하고 있다가 우연히 김점선 작가의 《점선뎐》에서 사진을 발견했다. 만개한 살구나무 앞에서 박완서 선생과 김점선 작가가 웃고 있었다.

　나도 그런 살구나무가 갖고 싶었다. 꼭 한 그루 키우고 싶다고 마음에 품었던 나무였다. 가족 모두가 좋은 기운을 느꼈으니 더 이상 망설일 것이 없었다. 포크레인이 마당에 구덩이를 파고, 트럭에 실려온 살구나무에 줄을 매 자리를 잡아 세웠다. 여전히 뜨겁던 8월이었다. 살구나무가 더위를 먹는 건 아닌지, 뿌리를 내리지 못하는 건 아닌지 애가 탔다. 노란 잎을 떨어뜨리고 가지만 남아 있어 봄이 오길 기다렸다. 옮긴 다음 해. 박완서 선생의 살구나무처럼 활짝 핀 살구꽃을 기다렸는데, 우리 집 살구나무는 꽃을 피우는 둥 마는 둥 했다. 풍성한 꽃을 보고 싶어 한 내 마음을 본 척 만 척, 살구나무는 자기 속도로 제 할 일을 했다. 겨우 세 알의 살구를 보여주었고, 세 알로는 잼을 만들 수 없었다. 에계. 탄식이 나왔지만 기다리는 것 말곤 다른 방법이 없었다. 그다음 해엔 꽃다운 꽃을 피웠고 열매를 맺었다. 어찌나 귀하게 여겨지던지, 살구나무의 살구는 열린 살구가 아니라 낳은 살구처럼 느껴졌다. 양동이에 주워 담을 때도 엄지, 검지, 중지 세 손가락으로 아기 손을 잡듯 살살 집어 옮겼다. 다 담으니 두 바구니 정도 채워졌다. 이제, 잼을 만들 수 있겠구나!

도마 위에 살구를 놓고 과도로 반을 갈랐다. 노란 과육을 보면 군침이 돌았다. 씨를 빼낸 다음 설탕과 소금을 조금 넣고 약한 불에서 뭉그러질 때까지 졸였다. 집 안 전체에 살구 향이 솔솔 풍겼다. 다 졸인 다음 레몬즙을 넣고 불을 껐다. 살구잼을 100밀리리터 유리병에 나누어 담으니 열 병이 나왔다. 우리 살구를 소중하게 기억해줄 지인들과 나눴다.

몇 번의 이사를 하며 잠시 살구나무를 떠나 있다 2년 만에 회색 벽돌집으로 돌아왔다. 그사이 살구나무는 키가 부쩍 자랐고, 가지마다 동그란 초록 살구를 주렁주렁 매달고 있었다. 살구가 노랗게 익어 한 알, 두 알 떨어질 때 대나무 막대로 가지를 탁탁 쳐 수확했다. 이번엔 양동이로 몇 개가 되었다. 토종 살구는 적당히 달아 먹어도 먹어도 물리지 않는다. 먹다 남은 살구는 잼으로 만들었는데 이번엔 스무 병 가까이 나왔다.

내가 아무리 마음을 졸이고 발을 동동 굴러도 살구나무는 자기만의 속도로 꽃을 피우고 열매를 맺는다. 내가 기다린다고 해서 꽃을 빨리 피우는 일도, 열매를 먼저 여는 일도 없다. 내가 할 수 있는 일은 그저 살구나무의 속도에 맞춰 기다리는 것뿐이었다.

2장

우리에겐
각자의
이야기가
있다

내가 한심하게 여겨질 때

●

홍콩야자

외부 환경에 예민하지 않은 편이며, 줄기 가운데를 잘라 물에 꽂으면 잎
도 뿌리도 잘 자란다. 쑥쑥 잘 자라는 편이라 키우는 재미를 느낄 수 있어
초보자도 키우기 좋다. 쫙 편 아가 손처럼 귀여운 잎이 특징이다.

여덟 살 어느 가을날의 일이다. 집에 내 몸집만 한 종이 상자가 도착했다. 아저씨 두 분이 낑낑대며 방 안까지 옮겨주고 가셨다. "엄마, 저게 뭐예요? 텔레비전? 냉장고? 이불?" 내용물이 뭔지 궁금해 죽겠는데 엄마는 대답 대신 방문을 닫았다. 엄마가 저녁 설거지를 하러 주방에 머물고, 동생들이 텔레비전을 보는 동안 종이 상자가 들어 있는 방문을 살그머니 열었다. 아무도 눈치채지 못했다. 나는 들키지 않고 방으로 잠입해 상자 뚜껑을 열었다. 커다란 종이 상자는 책으로 꽉 채워져 있었다. 환호성이 터져 나오려는 입을 두 손으로 틀어막았다. 나는 과자 종합 선물 세트보다 책이 좋았다.

새 책 냄새가 폴폴 풍기는 파란 책과 갈색 책이었다. 상자 옆에 앉아 책을 하나하나 밖으로 꺼내 제목을 확인하고 쌓으면서 뭐부터 읽을까 고민했다. 《작은 아씨들》, 《소공녀》, 《플랜더스의 개》… 곧 엄마가 나타나 나를 방에서 밀어내셨다. 그럴 줄 알고 나는 허리춤에 책을 한 권 숨겨두었다. 엄마가 잠에서 깰까, 동생들이 보면 이를까 싶어 알전구

벽등 하나를 켜고 이불을 뒤집어썼다.

그렇게 주황색 불빛 아래 몰래 책을 읽었다. 책 한 권과 사과 한 알이면 세상을 다 가진 것 같았다. 한 손에는 책을 들고, 한 손에는 빨간 사과를 쥔 다음 벽에 등을 기대 쪼그려 앉았다. 무릎을 접어 세우고 허벅지와 배 사이에 책을 펼친 다음 한 손으론 책을 누르고, 다른 한 손으로는 사과를 잡고, 눈으로는 글을 읽었다. 사과를 앞니로 와그작 베어 물면 사과즙이 책에 튀어 카시오페이아 별자리 모양이 되었다. 옷소매를 잡아당겨 문질러 닦았다. 종이 위에 사과즙이 포물선을 그렸다. 사과를 다 먹어갈 때쯤 되면 책에 푹 빠져 주변 소리가 하나도 들리지 않았다. 책을 읽으며 나는 톰 소여와 함께 나무로 된 통나무집에 올라 밧줄을 타고 뛰어내리기도 하고, 에이미와 같이 다락방에서 라임 절임을 몰래 베어 물며 신맛에 몸서리치기도 했다. 책을 좋아한 만큼 나는 책을 쓰고 싶었다.

돌고 돌아 다시 글을 쓰기 시작한 것은 마흔넷이다. 마흔넷은 무엇을 시작하기엔 너무 늦은 나이가 아닐까. 지금 시작해도 괜찮을까. 과연 내가 할 수 있을까. 쓰는 건 쓴다 해도 누가 마흔네 살짜리 초보가 쓴 글을 읽어줄까. 이런 생각을 하며 식물을 돌보다 홍콩야자를 부러뜨렸다. 컵을 깼을 때처럼 마음속에선 와장창 소리가 들렸다. 아이스크림 컵에 부러진 홍콩야자를 담고 물을 채워 창가에 올렸다. 표면에 햇빛이 비쳐 무지개가 생겼다.

홍콩야자를 손으로 만지작거리며 나는 나에게 물었다. 세상을 떠나는 날 지금 내가 글을 쓴 걸 후회할 것 같아, 쓰지 않은 걸 후회할 것 같아? 안 한 걸 후회하겠지. 그래? 응. 힘들어도? 응. 그럼 지금부터라도 그냥 쓰자. 힘들겠지만 후회하는 것보단 나을 거야.

글을 쓰려면 해야만 하는 일들이 있는 일상에서 글 쓸 시간을 마련해야 했다. 해야만 하는 일은 숙련도를 높여 시간을 줄였다. 30분 걸리는 설거지는 10분 안에, 책 100페이지는 한 시간 안에 읽고, 홍콩야자는 물에 담가 키우고, 혼자 있을 때 점심은 다른 일을 하며 서서 먹었다. 누군가와 함께 할 때만 식탁에 앉아 밥을 먹었다. 단위 시간당 생산량을 늘리려면 몸의 속도도 빨라야 했다. 요가와 달리기를 꾸준히 하며 체력을 끌어 올렸다.

부족한 글 실력을 보충하는 문제가 남았다. 스티븐 킹, 무라카미 하루키, 헤밍웨이는 매일 쓰면 나아진다고 했다. 훌륭한 작가는 될 수 없어도 쓸 만한 작가는 될 수 있을 거라 했다. 첫 책을 출간하고 다음 책의 계약까지 몇 개월이

걸렸다. 그다음 책까지는 또 몇 개월. 모든 일이 그렇듯 가끔 해서는 실력이 자라지 않는다.

매일 쓰기 위해 하루 원고지 열 장을 쓰는 '일간 정재경' 프로젝트를 시작했다. 브런치에 매일 쓰며 연습하다 2021년 10월 1일부턴 메일로 보내드리는 유료 독자를 모셨고, 네이버 프리미엄 콘텐츠로 옮겨 2022년 9월 30일까지 2년 동안 주말, 휴일 할 것 없이 매일 원고지 열 장을 써서 보냈다. 매일 쓰면 나아진다는 말을 믿고 시작했지만, 나아지고 있다는 게 전혀 느껴지지 않았다. 노트북의 흰 화면을 볼 때마다 머릿속도 함께 텅 비었다. 도대체 재능이 있긴 한 걸까. 마음대로 잘 써지지 않는 게 답답해 눈물이 나왔다. 엉엉 울며 주먹으로 눈물을 훔치기도 여러 번이었다.

무심코 에버노트를 열어 그동안 썼던 글을 읽기 시작했다. '생각했다', '들었다', '그랬다', '하고 있다', '했다'. 지루했다. 뭐야 참, 한심하기도 하네. 이거 언제 쓴 글이야? 날짜를 보곤 자세를 바꿔 앉았다. 몇 년 전에 쓴 글인 줄 알았는데, 불과 한 달 전에 쓴 글이었다. 한 달 전 글이 이렇게 별로라는 게 충격이었다. 혼자 책상 앞에 앉아 있는데 얼굴이 새빨개졌다. 자괴감과 자책에, 이젠 정말 그만 써야겠다는 생각이 들 정도였다.

그런데 나는 내 글이 후지다는 사실을 어떻게 알았을까? 혹시 한 달 전에 쓴 글을 몇 년 전에 쓴 글이라고 느낄만큼 실력이 자란 건 아닐까. 오히려 지난 글들이 멋져 보이는 걸 경계해야 하지 않을까. 그 시점부터 지금까지 실력이 자라지 않았다는 의미니까.

성장하는 동안은 매일 한심함을 마주할 수밖에 없다. UCLA의 로버트 비요크 교수는 이것을 '바람직한 어려움'이라고 말한다. 원하는 걸 하기 위해 노력하고 수행하다 보면 실력이 업그레이드되는데, 그때마다 처음부터 다시 시작하는 막막함을 느낀다. 성장엔 이 과정이 반복된다. 어쩔 수 없이 계속 어려움을 마주하게 되는 것이다.

내가 한심하게 여겨질 땐 생각해보자. 다음 단계로 나아가는 중이라고. 노력은 배신하지 않는다고. 언제 저기까지 가나 풀이 죽을 땐 애틋한 노력을 보면 위로가 된다. 부러졌으나 물속에서 뿌리를 내리고 새잎을 틔우는 홍콩야자도, 매일 쓰는 나도, 만원 지하철에 몸을 싣고 출근하는 우리도, 모두 노력 위에 서 있다.

식물 돌보듯 나를 돌보기

●

테이블야자

테이블 위에 올려두고 키울 수 있는 작은 식물이지만 자생지에서는 2미터까지도 자란다. 실내 조명만으로도 잘 자라 실내에서 기르기에 적당하다. 폼알데하이드, 벤젠 같은 화학물질을 제거하는 능력이 뛰어나다.

식물을 돌보다 테이블야자의 노란 잎을 떼어주려고 잡아당겼는데 뿌리째 쑥 빠져버렸다. 흠칫 놀랐다. 비실거리는 게 꼭 내 모습 같았다.

우리 제품을 복제한 회사가 있어 소를 제기했다. 한 달에서 한 달 반마다 한 번씩 변호사와 함께 서울중앙지방법원에 갔다. 사람들이 등 뒤에서 손가락질하는 기분이 들었다. 쇠사슬이 온몸을 칭칭 감아 누가 탁 치면 쓰러져 일어나지 못할 것 같았다. 마음에 뭔가 문제가 있다고 느끼기 시작한 그즈음, 지인들이 상담을 받아보면 어떻겠느냐고 말을 꺼냈다. 한 사람, 두 사람, 세 사람… 그 정도면 가봐야겠다 싶어 대학 병원에서 임상 경험을 쌓고 독립한 전문의를 수소문했다.

병원에 들어섰을 때 대기실엔 숲의 향기를 뿜고 있는 피톤치드 발생기와 튼튼한 테이블야자가 있었다. 진료실 문을 열고 들어섰다. 반듯하고 찰랑찰랑한 단발머리의 선생이 새하얀 가운을 입고 의자에 등을 꼿꼿하게 세운 채 앉아 있었다. "무슨 일 때문에 오셨나요?" 하며 키보드 위에 손을 올리는데, 밝은 에너지가 느껴졌다. 이분이라면 내 문제를 해결해주실 것 같았다.

선생님은 상담하며 별다른 증상을 느낄 수 없지만 그래도 뭔가 이상을 느껴 오셨을 테니 검사를 해보자며 두꺼운 검사지를 주셨다. 결과는 일주일 후에 나온다고 했다. 나는 일주일 동안 선생님과의 상담을 은근히 기다리고 있었다. 드디어 만난 선생님은 도와줄 게 없다며 정신 분석을 권했다. 마음속 어딘가에서 우지끈, 지지대 부러지는 소리가 들렸다. 동네 병원에서 해결 안 되는 중한 병이니 큰 병원에 가라는 이야기처럼 들렸다.

정신 분석은 일주일에 두 번 이상, 한 번에 한 시간 반 이상 걸리는, 시간과 에너지와 비용이 많이 투입되는 일이다. 아이를 키우며, 회사를 운영하며 정신 분석을 진행하긴 부담스러웠다. 혹시 다른 방법이 없겠느냐 묻는 나에게 선생님은 글 쓰는 사람들은 자아 성찰이 잘되는 편이라 책을 읽고 좋아지는 경우도 있다며 김형경 작가, 이무석 박사의 책을 권했다.

그 길로 책부터 읽기 시작했다. 책을 읽으며 어디서부터 어떻게 잘못된 건지 과거를 들쑤셔대니 어지러웠다. 동생이 오래 아프다 떠나 마음을 다쳤나, 이별을 잘 하지 못해 뭔가 문제가 생겼나 막연하게 생각했다. 네 자매의 맏딸, 둘째가 가고, 다섯째가 왔고, 자라는 과정에서 나는 늘 '맏딸'이었지 온전히 '나'였던 적이 없었다. 착한 아이 콤플렉스, 맏딸 콤플렉스, 피터팬 콤플렉스… 콤플렉스, 콤플렉스, 콤플렉스.

선생님의 조언대로 김형경 작가님 책과 이무석 박사님 책을 모두 읽고, 김혜남 박사님의 책들도 읽었다. 어떤 책들은 두서너 번 읽었다. 그러고 나니, 눈을 감고 코끼리를 더듬는 것처럼 어렴풋하게 뭐가 문제인지 느껴졌다. 김형경 작가가 정신 분석을 받으며 쓴 애도 에세이 《좋은 이별》에는 '만 12세 이전에 사랑하는 대상을 잃거나 사랑의 감정을 박탈당하면 성인이 된 이후의 삶에 심각한 문제가 일어난다'는 말이 있다. 히틀러는 모든 과목에서 A를 맞던 학생이었는데, 열한 살 때 동생이 죽은 다음 낙제해 그 학년을 다시 다녔다. 어른이 된 다음 그는 세상 모두가 아는 그 사람이 되었다.

열두 살 때 동생이 떠난 다음 처음 본 시험이 생각난다. 시험지 속 글씨를 읽는데 무슨 말인지 잘 이해가 되지 않았다. 글자에 기름을 바른 것처럼 머릿속에 잘 들어오지 않았다. 읽는 둥 마는 둥 하며 시험을 보았다. 늘 다 맞았으니 별로 걱정하지 않았다. 이후 선생님께서 나눠주신 시험지엔 동그라미 대신 빨간 막대기가 잔뜩 있었다. 꿈인지 생시인지 구별이 되지 않았다. 나는 그런 시험지가 보고 싶지 않아서 시험지를 들고 천천히 세로로 찢었다. 그 모습에 화가 난 선생님은 반 친구들이 다 보는 앞에서 몸이 칠판으로 날아갈 정도로 따귀를 때렸다. '동생도 죽었는데 뭘.' 아무것도 느낄 수 없었다.

나는 단단하지 않은 땅에 뿌리 내린 테이블야자처럼 잘 흔들렸다. 슬퍼서 무너질까 봐, 아파서 쓰러질까 봐 마음길을 차단했다. 슬픈 일엔 눈물이, 화나는 일엔 분노가 치미는 게 당연하지만 표현할 줄 몰라 괜찮다고 말하고 웃는 것으로 대신했다. 매번 괜찮다고 말하는 사람들은 나처럼 자기 감정을 어떻게 처리하는지 모르는 사람들이다.

《좋은 이별》을 다시 읽었다. 더 많은 문장이 마음속으로 들어왔다. '잃은 대상'을 마음에서 떠나보내는 일을 '애도'라 한다. '대상'의 범위는 사람뿐만 아니라 내가 애착을 갖고 있던 모든 것이다. 일, 직장, 사람, 젊음, 좋아하던 가방, 만년필 모두가 대상이다.

마음을 찬찬히 들여다보았다. 내 마음에 사는 아이는 잘 삐지고 쉽게 의기소침해진다. 그 아이가 구석에서 등 돌린 채 흐느끼고 있었다. 살살 달래 데려와 식물을 돌보듯 돌봐주었다. 어떨 때 기분이 좋은지, 어떤 걸 좋아하는지 물어보며 기역, 니은, 디귿을 익히듯 하나씩 알아가기 시작했다. 그 아이가 몸을 돌려 앉고 웃기 시작하자 나도 조금씩 달라졌다. 그렇게 되기까지 물리적으로 2년 넘는 시간이 걸렸다.

그 아이가 허리를 쭉 펴고 서니, 다른 사람의 감정도 읽을 수 있었다. 그러자 "어머나, 힘들겠다", "속상했겠다", "축하드려요!" 같은 말도 건넬 수 있었다. 내 감정에 대해서도 솔직해졌다. "괜찮아"라고 말하는 대신 "그렇게 말하면 나는 정말 기분이 나빠", "그건 좋아", "그건 하고 싶지 않은데?"라고 내 마음을 전할 수 있게 되었다.

덧난 상처를 후벼파느라 아팠고 에너지를 많이 소진했지만, 그 과정을 통해 자유로워졌다. 플라톤은 영혼을 돌보는 것은 삶을 위한 기술이라 했다. 나는 이제 두 발로 단단하게 땅을 딛고 바라볼 수 있다.

누구나 크고 작은 마음의 상처를 안고 살아간다. 살다 보면 이런저런 일이 있다. 죽도록 슬퍼도 나를 돌보는 법을 찾을 수 있다. 물속에 넣어둔 테이블야자 뿌리가 어느새 길게 자랐다. 테이블야자를 다시 화분에 심어주었다.

내가 나에게 하는 말, 사랑해

●

능소화

업신여길 혹은 능가할 능(凌)에 하늘 소(霄), 즉 '하늘을 업신여길 만큼
화려한 꽃'이라는 뜻이다. 줄기에 생기는 흡착 뿌리로 건물 벽이나 다른
나무를 타고 오르며 자란다. 옛날엔 양반집에서만 볼 수 있는 꽃이었다.

아침 글쓰기를 마치고 노트에 날짜를 적어 넣었다. 2023년 8월 20일. 머뭇거리다 날짜 옆에 '사랑하는 재경이 생일'이라고 쓴다. 종이 위에 덜 마른 깊은 바다색 잉크가 반짝인다.

생일이 되면 텔레비전에서 나오는 것처럼 가족 모두 식탁에 둘러앉아 케이크에 초를 꽂고 생일 축하 노래를 부르는 그런 모습을 꿈꿨다. 생일 몇 주 전부터 내 생일이 다가온다고 아무리 얘기해도 들어주는 사람이 없었다. 생일 때마다 실망했고, 어느 순간 나는 태어나지 말았어야 했나 싶을 만큼 생일이 반갑지 않았다.

이제 와 돌이켜보면 이해하지 못할 것도 없다. 20대에 부모가 되어 두 살 터울 딸 넷을 키우는 엄마와 아버지는 하루하루 살기가 너무 바빴다. 대한민국이 급격하게 성장하던 1970년대, 금융계에 종사하던 아버지는 직장에서 주 7일을 근무하며 가족의 생계를 책임졌고, 엄마는 가사와 함께 일곱 살부터 신생아까지 딸 넷의 양육을 도맡았다. 게다가 우리 집은 냉장고와 세탁기도 없던 그 시절, 1년에 여덟 번의 제사를 지내는 종갓집이었다. 제삿날은 엄마와 내가 팀 플레이를 했다. 내가 돈전을 빚고 엄마는 석유풍로 앞에 앉아 전을 부쳤다. 만두를 빚다가 자정이 넘어 상 앞에서 졸던 기억, 엄마를 도와 삶아 빤 뜨거운 기저귀를 옥상 빨랫줄에 널던 일, 새까만 간장 항아리에 떠 있는 누런 메주와 새빨간 고추, 엄마가 걸레를 빨아 마루 위로 던져주면 동생들과 걸레를 들고 닦던 박달나무 마룻바닥. 어린 시절을 생각하면 그런 것들이 문득문득 떠오른다.

엄마가 우리 넷을 데리고 목욕탕에 가면 사람들은 나를 보고 말했다. "쟤가 고추를 좀 달고 나왔으면 얼마나 좋아. 쯧쯧." "아들 하나 더 낳아야겠네. 쯧쯧." 그런 말을 들을 때마다 나는 얼굴이 화끈거렸다. 엄마는 그때마다 태연한 얼굴로 "큰딸은 살림 밑천이라는데, 무슨 말씀이세요" 하거나 "딸 넷으로 충분해요"라고 대답했다. 엄마의 평온한 얼굴을 보면 마음이 놓였지만, 한편으로 나는 고추를 달고 싶지도, 살림 밑천 큰딸이 되고 싶지도 않았다.

그런데 어느 날 갑자기 둘째가 허리를 펴지 못했다. 감기인 줄 알고 감기약을 먹다가 낫지 않아 큰 병원을 찾았고, 바로 수술을 했다. 금방 낫는 병이 아니라고 했다. 나는 최선을 다해 엄마를 돕고, 엄마가 둘째를 병간호하는 동안 셋째와 넷째를 돌봤다. 내가 100점 맞으면 둘째도 힘을 내 병과 싸워 이기고 올 것 같아서 공부도 열심히 했다. 그 모든 노력에도 불구하고 둘째는 2년 넘게 투병하다 결국 밤하늘의 별이 되었다.

생일이 되면 이런 아픈 일, 속상했던 기억들이 먼저 떠오른다. 공부도 열심히 했고, 어린 날의 내가 꿈꾸었던 것처럼 가끔 텔레비전에 나오는 내가 되었고, 나도 그때의 엄마처럼 일하며 살림하며 아이 키우며 글 쓰며, 나름의 최선을 다하며 좋은 일도 간간이 있는데 말이다.

오늘 마흔아홉 번째 생일을 맞았다. 나는 그때의 엄마보다 나이가 많아졌다. 50년 가까이 세상과 부대끼다 보니 사람들 마음속엔 모두 자기만의 상처가 있다는 것을 알게 되었다. "나는 상처가 하나도 없어. 행복하고 풍요롭고 기쁘기만 한 인생이었어"라고 말할 수 있는 사람은 단언컨대 한 명도 없다. 누구나 다 자기만의 모래알을 품고 까끌까끌하며 산다. 그걸 아픈 상처로 남겨 곪게 둘지, 용기를 내 소독약을 바르고 말려 새살이 나게 할지 선택할 수 있다.

70대 중반이 된 엄마는 젊은 날을 다시 생각하고 싶지 않다고 말한다. 어릴 적 기억은 내 머릿속에만 남아 있다. 이제 내가 나에게 말해줄 수 있다. 거울을 보며 말한다. "사랑하는 재경이, 생일 축하해. 수고 많았어. 열심히 살아줘서 고마워." 내 두 팔로 내 어깨를 감싸고 어루만진다. 거울 속의 나는 빙그레 웃고 있다.

사랑이 부족해 마음에 찬 바람이 분다면 지금 내가 나에게 해줄 수 있다. "사랑해. OO야, 나는 네가 진짜 좋아." 거울을 보며 "사랑하는 재경이"라고 말하면 거울 속의 나는 해바라기처럼 웃는다. 속으로만 말할 때보다 입술을 움직여 소리를 냈을 때 내 표정이 더 밝다. '사랑해'라는 말이 품은 에너지는 누구나 빛나게 만든다. 마흔일곱 즈음, 태어나서 처음으로 엄마에게 "엄마, 사랑해"라고 말하며 꼭 안아드렸을 때 엄마는 아이처럼 발을 동동 구르며 좋아하셨다.

생일 아침의 글쓰기엔 이런 이야기들이 쏟아져 나왔다. 생일이 별 건가. 노트를 덮어 책장에 넣고 러닝복으로 갈아입었다. 운동화를 신고 길을 나선다. 매미 소리는 우렁차고, 길엔 벌써 노란 나뭇잎이 떨어지기 시작했다. 이렇게 여름은 또 갈 준비를 하고 있다.

좋아하는 여름이 사그라드는 게 아쉽다. 여름에 빗속을 달리는 걸 좋아하는데 올여름엔 몇 번 못 했다. 두 다리를 호미질하듯 움직이며 판교 박물관을 지나 운중천에 가까워졌다. 2킬로미터 정도 달렸나. 조금 더 달릴까 돌아갈까 망설이는데 팔에 물방울이 톡 떨어진다. 고개를 들어 하늘을 본다. 빗방울은 어깨에도, 모자 위에도 떨어졌다. 가만히 빗소리를 듣는다. 토닥토닥 떨어지는 비가 이제부터 다 잘될 거라고 속삭인다. 집으로 달려오는 길, 이웃집 모서리에 능소화가 풍성하게 피었다. 주홍색 얼굴들이 부부젤라를 들고 "사랑해!" "나도, 나도"라고 응원을 보내는 것 같다.

현관문을 열고 들어오니 남편이 차에서 뭔가 부스럭부스럭 꺼내온다. 흰 라눙쿨루스와 연노랑 장미, 연보라 스톡에 안개꽃이 어우러진 꽃다발과 남편과 아들이 손으로 적은 카드가 있다. "당신이 노란색을 좋아해서 노란 꽃이 들어간 꽃다발을 골랐어." 꽃다발을 받아 "고마워"라고 말하고 꽃향기를 가슴 깊숙이 불어 넣는다.

무턱대고 미워하지 말자

●

개망초

국화과의 개망초는 소박하고 흰 꽃을 피우는데, 꽃이 마치 메추리알의
단면처럼 희고 노랗다. 꽃을 꺾어 물병에 꽂으면 2주 정도 꽃을 볼 수 있
다. 여러 가지 들꽃이나 풀과 함께 꽂아도 아름답다.

왼쪽 어깨에 걸쳐 멘 가방이 자꾸 흘러내렸다. 몸을 오른쪽으로 살짝 기울이고 손으로 가방을 연신 치켜올리며 걷고 있었다. 시선이 자연스럽게 아스팔트 바닥을 향했다. 길을 가득 메운 사람들 사이로 지나가는데 사람들이 자꾸 몸에 부딪혔다. 그럴 때마다 무거운 가방을 멘 내 몸은 비틀거렸고 궤도를 이탈해 보도 밖으로 튕겨 나가곤 했다. 금요일 저녁의 신촌 로터리였다.

　　띠리리리리리리리리-. 오락실 기계에서 〈엘리제를 위하여〉 선율이 흘러나왔다. 간간이 지지직, 지지직 기계음이 섞여 들렸다. 귓불로 귓구멍을 덮어 막으려다 고개를 들어 시선을 소리 나는 곳으로 옮겼다. 동전을 넣으면 두더지들이 불쑥불쑥 솟아 나오는 게임기였다.

　　두더지는 순서 없이 이 구멍, 저 구멍에서 튀어나왔다. 8개의 구멍에서 제멋대로 돌출하는 두더지 머리를 제대로 맞추기 위해서는 순간 집중력을 발휘해 방향을 겨냥하고, 반사 신경을 활용해 있는 힘을 다해 내리치는 기술이 필요했다. 정통으로 맞으면 전광판의 숫자가 올라갔다. 숫자가 높으면 1위, 2위, 3위 기록이 달라졌다. 게임기엔 두더지들이 계속 솟아 나왔지만, 기계 앞엔 아무도 없었다. 누군가 게임을 하다 말고 간 것이다. 까만 전광판에 빨간 디지털 숫자로 표시된 시간이 줄어드는 걸 보았다. 39, 38, 37. 걸음을 멈췄다. 내 손은 벌써 망치를 들고 두더지 머리를 내리치고 있었다. 두더지는 다시 구멍으로 들어갔고, 내 망치는 가장자리에 부딪혔다. 팔꿈치 관절에 진동이 느껴졌다. 약이 올랐다. 아랫입술을 꽉 깨물고 머리카락이 흔들릴 정도로 두더지를 세차게 내리쳤지만 내 손은 두더지보다 꼭 반 박자 느렸다.

옥상 잔뜩 고개를 내민 개망초를 만났을 때 솟아오른 두더지가 떠올랐다. 잔디가 깔린 옥상엔 바람을 타고 날아온 잡초들이 바글바글 새잎을 틔웠다. 잔디 사이에 꼬맹이 새싹들이 올라오는 모습은 부리를 벌리고 짹짹거리는 새끼 참새처럼 귀엽기도 했지만, 비가 내릴 때마다 순식간에 잔디 공간이 줄어들었고 개망초 면적이 늘어났다. 무지막지한 생명력에서 서늘한 기운이 느껴졌다. 왜 개망초는 서늘하게 느껴질까. 꽃 이름을 검색하다, 조선 말 개망초가 들판을 덮은 다음 일제의 지배가 시작되었다는 이야기를 보았다. 개망초의 원산지는 북아메리카로, 일제가 우리나라에 철도를 부설할 때 침목에 묻어왔다고 전해진다. 이 잡초는 제초제도 잘 듣지 않는다.

　개망초를 반갑지 않은 식물로 분류하고, 틈만 나면 싹을 뽑기 시작했다. 두더지 머리를 내리치듯 잔디 사이사이 손을 넣어 이 잡듯 훑어냈다. 조그마한 옥상 정원인데 순식간에 20리터 종량제 봉투가 풀로 가득 찼다. 눈에 보이지 않을 만큼 샅샅이 뽑은 것 같아도 다음 날 아침에 가보면 개망초는 잔디보다 키가 자라 있었다. 뽑아도 뽑아도 또 고개를 내미는 개망초를 보면 그 지독한 생명력에 기가 질렸다.

　이사한 집 앞엔 연두색 펜스가 높게 쳐진 넓은 공터가 있다. 저 넓은 들판엔 어떤 생명체가 자리를 잡았을까 궁금했다. 로제트 형태로 올라온 풀을 보았을 때 설마 개망초일까 싶었다. 날마다 개망초 떼를 보며 아침을 맞이하고 싶진 않았다. 학교 부지 공터 가득 개망초가 덮은 걸 상상하니 온몸이 저릿저릿할 정도로 몸서리가 쳐졌다. 개망초는 아닐 거라 믿었다. 믿는 것 말곤 할 수 있는 게 없었다.

　풀이 하나둘 꽃을 피우기 시작하는데, 아뿔싸. 틀림없는 개망초였다. 울고 싶었다. 흰 꽃을 볼 때마다 소름이 끼쳤다. 조금이라도 덜 마주치도록 피하는 수밖에 없었다. 집으로 바로 가는 길을 두고 멀리 돌아서 다녔다. 그래도 창 너머로 들판에 세를 키우는 개망초가 보였다.

혼자 조용히 속으로 미워하는 거니 누가 뭐라고 할 사람은 없다. 그러나 밉다고, 싫다고 생각할 때마다 기분이 좋지 않았다. 등골이 쭈뼛거렸다. 부정적인 생각을 품을 때 몸에선 코르티솔이 분비된다. 코르티솔 농도가 높아지면 불안하고 초조해진다. 면역 기능에도 영향을 미친다. 이 상태가 지속되면 몸이 자주 아프다. 미워하는 마음은 남이 아니라 나를 망가뜨린다. 이럴 때 우리는 선택할 수 있다. 계속 미워하거나 차라리 사랑해버리거나.

나는 개망초의 예쁜 구석을 찾기 시작했다. 들판을 덮은 하얀 개망초꽃은 바람이 불 때마다 왼쪽으로, 오른쪽으로 물결을 만들었다. 가만히 보고 있으면 하얀 파도가 넘실거리는 초록 바다처럼 느껴졌다. 달리다 발걸음을 멈추고 길가에 서서 하얀 꽃을 잡아당겨 냄새를 맡았다. 꽃에선 잡화 꿀 향기가 났다. 공터 옆을 달릴 땐 일부러 숨을 가득 들이마셔 폐를 채웠다.

집을 방문한 샘터 편집장과 편집 과장이 개망초꽃을 보고 너무 아름답다고, 혹 메밀밭이냐 물었을 때 마음속에 녹지 않은 눈처럼 듬성듬성 남아 있던 개망초를 향한 미움이 깨끗하게 사라졌다. 무엇보다 미워하는 대신 사랑하기를 선택하니 마음이 편했다. 달리기를 하다 개망초 꽃대를 몇 개 꺾어 가지고 와 화병에 꽂았다. 장미나 작약을 꽂았을 때처럼 향기를 들이마셨다.

개망초를 볼 때마다 왜 그렇게 미워했을까 싶다. '왜 그랬을까' 하는 생각은 부끄러움과 후회, 자책으로 연결된다. 과거의 행동을 후회할 필요 없다. 살아온 과정으로 생각하고 부족한 점을 찾아 보완해나가면 된다. 프랑스 최고의 철학자로 꼽히는 로랑스 드빌레르도 말했다. 과거의 시행착오를 앞으로 나아갈 길로 만들자고.

알고 보면 세상 모든 일엔 장점이 있다. 독한 이름과 달리 개망초는 독성이 없으며 보들보들한 줄기를 뜯어 나물로 먹을 수 있다. 게다가 항산화 물질인 폴리페놀을 많이 함유하고 있어 건강에도 도움이 되는 풀이다. 개망초를 보며 미움에 몸서리치는 대신 좋은 점을 발견해 사랑하는 법을 배운다. 이젠 개망초를 볼 때마다 잔잔하게 웃는다.

'나'를 찾는 방법

●

바랭이

전 세계에 퍼져 있는 잡초로 길가에서 흔히 볼 수 있다. 줄기 윗부분은 무릎 높이 정도 자라고, 줄기 아래 잎은 땅을 타고 자란다. 번식력이 좋아 순식간에 번지는 애증의 식물이다. 바랭이는 살짝 단맛이 있어 차로 내려 마셔도 좋다.

바랭이는 뿌리를 사방으로 뻗으며 기어이 땅을 모두 장악해버리는 강력한 생명력을 갖고 있다. 산다는 것도 그럴지 모른다. 내가 뻗어가야 할 방향을 알고 서서히 나아가며 장악하는 일. 바랭이의 억척스러움을 볼 때마다 고개를 저으면서도 한편으론 닮고 싶었다.

지인과의 만남에서 있었던 일이다. 그는 40대 후반으로, 다방면으로 제안을 많이 받는 능력자다. 라이프 스타일 매거진 편집장 출신으로 로컬 브랜드의 브랜딩을 맡기도 하고, 최근엔 콘텐츠 마케터로 영역을 넓혔다. 현재 다니는 건강식품 회사에선 회사의 매출을 두 배로 키웠다. 그날 이야기의 주제는 본인은 몰입해서 하는 건 잘하는데, 속이 빈 것 같다며 '무엇'이 비어 있는 것 같은데, 그 '무엇'이 뭔지 모르겠다는 것이었다.

'무엇'은 곧 나의 본질이다. 나는 누구이고, 어떤 목표를 갖고 이 세상을 어떻게 살아야 하는지는 저절로 알게 되는 것이 아니다. 노력해야 알 수 있다. 이 노력의 시간은 사춘기처럼 지반이 흔들리는 경험이지만, 삶을 의미 있게 살기

101

위해 꼭 겪어야 하는 통과 의례다. 정신적 성장을 위해선 반드시 필요하다. 우선 해야 할 일은 내 안의 창조성을 깨우는 일이다. 창조성은 나의 본질, 즉 '자아', '내면 아이'다. 내가 나답게 살기 위해 필요한 가장 중요한 핵심이다. 내가 누구인지 알아야 '무엇'을 알 수 있다. 내가 누구인지 모르는 상태에서 하는 노력은 노력을 위한 노력이 된다. 이는 소모적이기 때문에 열심히 하고 있어도 번아웃이 온다.

창조성은 내 안의 어린아이와 같다. '어린아이'는 강보에 싸여 누워 있는, 누군가의 도움이 필요한 연약한 존재라고 여길 수 있지만, 아기를 가까이에서 지켜본 사람은 아기가 얼마나 강한 존재인지 잘 안다. 아기는 얼굴부터 발끝까지 빨개지도록 힘을 다해 젖을 쪽쪽 빨아 먹으며, 작은 몸에 비해 큰 머리를 어쩔 줄 모르면서도 계속 힘을 주어 목을 가눈다. 어느 정도 시간이 흐르면 혼자 힘으로 뒤집으려 애를 쓰고, 기어가기 위해 온몸의 근육을 움직인다. 아기가 걸을 땐 수만 번을 넘어지면서도 또 일어나 기어이 걷는다. 아기는 땀을 뻘뻘 흘리면서, 있는 힘껏 될 때까지 도전하는 존재다.

창조성은 땀을 뻘뻘 흘리면서, 있는 힘껏 될 때까지 도전하는 내 안의 아이와 같다. 내 안의 창조성을 깨우면 우린 아기처럼 내가 좋아하는 일을 땀을 뻘뻘 흘리면서, 있는 힘껏 될 때까지 하게 된다. 좋아하는 일을 계속하기 때문에 일로 여겨지지 않는다. 재미있는 놀이를 계속하는 셈이다.

어린 시절을 떠올려보면 우리는 누가 시키지 않아도 땀을 뻘뻘 흘리며 놀고, 탐색하고, 자기 힘으로 배웠다. 마케팅의 구루, 세스 고딘은 우리가 세뇌당하고 있다고 말한다. 초등학교에서 고등학교를 거치는 동안 우리에게 어떤 일이 벌어지는지 모르고 '나'에게서 멀어져 있다고. 부모의 기준에, 학교의 기준에, 사회의 기준에 맞추다 자기답게 사는 법을 잃어버리는 것이다.

모두가 같은 것을 원하니까, 경쟁이 치열해지는 걸까? 지구상 80억 인구 모두는 다 다른 고유한 존재다. 우리 개개인이 고유한 존재라는 증거가 있다. 80억 인구 모두가 다른 지문을 가지고 있다는 점이다. 세계에선 개인을 식별하는 지표로 지문을 쓸 만큼 과학적이다. 하고 싶은 일도, 좋아하는 것도, 잘하는 일도 모두 다르다. 그러니 '나'에 대해 명확하게 알아야 한다. 그래야 어떻게 살아야 할지 알 수 있다.

'나'를 찾는 방법에는 여러 가지가 있지만, 나의 경우는 책 《아티스트 웨이》가 큰 도움이 됐다. 《아티스트 웨이》는 매일 아침 일어나자마자 20분 동안 글을 쓰는 모닝페이지와 일주일에 두 시간, 혼자 내가 좋아하는 일을 하는 아티스트 데이트를 도구로 창조성을 깨운다. 동지들과 12주간 나를 탐색하는 여정을 거치면 내가 누구인지, 무엇을 원하는지 한층 더 명확하게 알 수 있다. 라디오 방송에 출연해 인연이 된 오유경 아나운서는 《아티스트 웨이》에 대한 이야기를 듣고 함께 워크숍을 해보자고 제안했다. 혼자 두 번의 워크숍을 했던 내가 리더가 되었고, 책을 알고 있던 한서형 작가가 함께했다. 2019년 11월의 일이다. 워크숍을 함께하는 12주 동안 우린 각자가 원하는 것에 대해 이야기했고, 삶의 지도를 그렸다.

4년 후, 나는 여섯 번째 책을 쓰며 창조성 코치가 되었고, 오유경 아나운서는 《어른 연습》을 출간하고 작가이자 갤러리스트로 성큼 나아갔고, 한서형 작가는 나태주 선생과 함께 《너의 초록으로, 다시》, 《잠시향》이라는 책을 쓰며 향기 작가로, 향기 전문 출판사 대표로 독자적인 영역을 펼쳐나가고 있다.

나를 찾는 또 한 가지 방법은 삶의 레퍼런스를 찾는 것이다. 나에겐 《리추얼》이라는 책이 도움이 됐다. '리추얼'은 '의식'이라는 뜻으로, 지난 400년간 위대한 창조자들로 손꼽히는 161명의 하루에서 찾아낸 리추얼을 소개한다. 책에서 나는 무릎 연골이 다 닳을 정도로 일했던 작가 마야 안젤

루와 50년 동안 점심에 햄 샌드위치와 우유 한 잔만 먹으며 조수도 없이 매일 직접 만화를 그렸던 찰스 슐츠, 매일 새벽에 일어나 세 시간 반 동안 글을 쓰고 우체국 공무원으로 정년퇴직한 앤서니 트롤럽의 이야기를 읽으며 눈물을 흘렸다. 나의 감수성은 일을 사랑해 미칠 정도로 일에 몰입한 사람들에게 반응했다.

세 번째 방법은 자연과 가까이하는 것이다. 산책로 나무 아래를 걸을 때, 마당의 바랭이를 뽑을 때 내 안에 흐르는 생각들이 있다. 그 생각들이 진짜 '나'에 가깝다. 집 안의 화분을 돌볼 때도 비슷한 효과가 있다. 손을 쓰고 몸을 움직일 때 뇌에 혈류가 증가하기 때문이다. 그래서 샤워하거나, 설거지하거나, 식물을 돌볼 때 아이디어가 솟아난다.

삶이 재미없고 힘들다고 느끼는 이유는 자기가 원하는 삶을 살고 있지 않기 때문이다. 내가 원하는 삶을 위해 지금 당장 하던 일을 모두 그만두고 새로 시작할 필요는 없다. 지금 일상에 좋아하는 일을 끼워 넣으며 내가 원하는 삶으로 조금씩 이동하는 방법도 있다. 우리가 모두 다르듯 나에게 맞는 방법도 모두 다르다. '나'를 찾고, 내게 맞는 방법을 찾아 계속 노력하는 것. 그게 전부다.

삶의 기준

●

호야

봄부터 가을까지는 물을 규칙적으로 주고, 그 외엔 건조하게 유지한다.
한 달 넘게 낮에 열두 시간 이상 빛을 쪼이면 꽃봉오리가 생긴다. 호야 카
르노사는 실내 환경에서 오염 물질 제거 능력이 탁월한 것으로 밝혀졌다.

아들이 6학년이 되던 해, 얼굴을 볼 때마다 고양이를 키우고 싶다며 노래를 불렀다. 생명은 끝까지 책임져야 한다는 생각에 부담스러워 차일피일 미루고 있었다. 책을 쓰느라 다른 것에 관심을 가질 여유가 없던 주말이 몇 주 이어졌다. 그사이 남편과 아들은 둘이 어딘가에 다녀오곤 했는데, 아들이 "엄마, 고양이를 보고 왔는데…"라고 말하면 남편이 "비밀로 하자고 했잖아"라고 말했다. "고양인 절대 안 된다고 했어." 둘을 바라보며 말했다.

추석 명절을 앞둔 어느 날 저녁, 남편과 아들이 집을 나섰다. 한참이 지나 현관문 도어락 누르는 소리가 들렸다. 평소와 달리 우당탕하지 않고, 신을 벗는 소리도 중문을 여는 소리도 조용했다. 내가 잘못 들었나. 다시 집중해 컴퓨터 화면을 보고 있는데, 저 멀리서 "엄마, 고양이 왔어"라고 소곤소곤 말하는 아들의 목소리가 들렸다. 가슴이 쿵 내려앉았다. 아들은 고양이가 들어 있는 가방을 들고 내 쪽으로 살금살금 걸어오고 있었다. 곁에 데리고 오더니 "엄마, 고양이는 시끄러운 걸 싫어한대" 하며 귓속말을 했다. 열세 살의 소란

107

스러움을 단번에 잠재운 주인공은 두 손에 담기는 800그램 짜리 아기 고양이였다.

새로 온 생명체는 황갈색 털을 가지고 네 발로 엉덩이를 실룩샐룩하며 걸었다. 낯선 사람들이 있는 집에 와서도 스스럼이 없었다. 무릎 위에 올라와 앉거나 품에 파고들며 쌔근쌔근 잠들었다. 밥도 잘 먹고, 잠도 잘 자고, 볼일도 잘 보았다. 고개를 들고 빤히 올려다볼 때마다 귀여워 어쩔 줄 몰랐다.

생명과 함께한다는 것은 세상을 떠날 때까지 책임진다는 걸 의미한다. 살다 보면 무슨 일이 있을지 모르는데 오자마자 짠했다. 일어나지도 않은 일을 벌써 걱정하는 습관이 솟아났다. 상황은 이미 벌어졌고, 고양이는 집에 와 있었다. 운명을 같이하는 사이. 우리는 그렇게 가족이 되었다. 식물 가득한 집에 동물이 들어오니 비로소 자연이 완성되는 것 같았다. 어니스트 헤밍웨이, 무라카미 하루키, 마크 트웨인, 라이너 마리아 릴케 등 고양이를 좋아하는 예술가가 많았다. 고양이가 감수성을 자극해 글 쓰는 데 도움이 될 거라고 생각하니 반가워졌다.

그런데 고양이를 데려올 땐 거침없이 데려와놓고, 남편과 아들은 이름을 지어주지 못했다. "냥이야" 부르거나 "고양이야, 이리 와" 하고 있었다. 우리 집 고양이는 별처럼 반짝거리는 눈을 갖고 있었다. 나는 고양이에게 '별'이라는 명사와 '이'라는 대명사를 붙여 '별이'라는 이름을 붙여주었다. 별이는 금세 자기 이름을 알아들었다. "별이야~" 하고 부르면 "야옹" 하고 대답했다.

벽화분 앞을 지나는데 별이 눈처럼 반짝이는 무언가가 느껴졌다. 호야 사이에 분홍색이 보였다. 잎을 들춰 보니 꽃이었다. 작은 별 모양의 호야꽃. 안쪽에 작은 별이 하나 더 떠 있는 겹별이다. 꽃 표면은 벨벳으로 감싼 듯 보송보송했다. 향기도 날까 싶어 코끝을 가까이 대고 가만히 숨을 들이마셨다. 희미한 초콜릿 향기가 풍겼다. 꽃 표면에 이슬처럼 맺힌 액체를 손가락으로 톡 찍어 혀에 대보니 달착지근했다.

처음엔 한두 송이가 피었지만 몇 주 지나니 여러 송이가 지구별처럼 동그랗게 꽃을 피웠다. 초록 잎 사이에 분홍색 별무리가 졌다. 그저 동쪽 창에 화분을 두고 가끔 한 번씩 물을 주었다. 올해 유난히 잘 자라 벽을 타고 위로, 화분을 따라 아래로 옆으로 자유롭게 뻗어나갔다. 호야는 꽃이 피기 힘든 식물이지만, 조건이 맞으면 계속 분홍색 별 모양 꽃을 틔워낸다. 너석은 해가 갈수록 탐스럽게 숱 많은 꽃송이를 보여주었다.

호야는 별이가 다리를 쓱 지나가며 존재감을 표시하는 것처럼 분홍 꽃을 보여주며 눈길을 붙든다. 꽃은 모두 예쁘다. 특히 집에서 키우는 식물이 피운 꽃은 새끼를 낳은 동물을 보는 것처럼 애틋하다.

당시는 주택에서 아파트로 면적을 3분의 1로 줄이는 이사를 준비하고 있었다. 사용하지 않는 물건을 당근마켓으로 정리하기 시작했다. 나눔을 해도 짐이 줄어든 티가 나지 않았다. 이삿날은 다가오고 꽁꽁 박아둔 잡동사니가 너무 많아 엄두가 나지 않았다. 미니멀하게 산다고 여겼던 내 삶의 민낯을 보았다. 사실은 보이지 않는 데 쓰레기를 차곡차곡 구겨 넣고 눈을 가린 채 살았던 거다. 폐기물 처리 업체에 부탁해 1톤 트럭으로 두 번을 버렸다. 어디가 줄어들었는지 전혀 알 수 없었다. 또 2톤 트럭을 불러 가득 실어 보냈다. 호야 화분이 남았다. 데려갈까, 말까 망설였다. 데려간다고 해도 도저히 둘 장소가 없었다. 마침 화물차 기사님이 반기시길래 잘 키워달라 신신당부하면서 나눔을 했다. 호야와 그렇게 이별했다. 별이랑 헤어지는 기분이 이럴까 싶을 만큼 마음 한쪽이 시렸다.

사용하지 않는 짐 더미 4톤을 버렸다. '버리지 말았어야 했는데…' 하는 아쉬움이나 그리운 사물은 하나도 없었다.

오로지 분홍 별꽃을 피우며 초콜릿 향기를 나눠주던 호야만 생각날 뿐이었다. 어떻게든 데리고 왔어야 했는데, 문득문득 후회스럽다. 인생의 중반부 즈음을 지나고 있는 지금 삶에 경력이 쌓여 실수하지 않을 것 같지만 여전히 사고를 치고 후회하고 머리를 쥐어박는 시행착오를 겪는다.

이 일을 통해 내 삶의 가치를 어디에 두고 살아야 하는지를 분명하게 알 수 있었다. 내가 정한 기준은 다음과 같다. 무생물보다는 생물을, 맥시멀보다는 미니멀을, 책과 식물은 제한을 두지 않는다는 것이다. 집에서 함께하는 것은 오래 함께할 마음으로 여러 번 생각해 데려오기로 했다. 숙고해서 데려왔다 해도 생각과 달리 좋은 에너지가 느껴지지 않으면 바로 정리한다.

잠깐 방심하면 집 안 구석구석 군살이 낀다. 일상도, 몸도 그렇다. 무엇을 어디에 두었는지 기억하고 관리하는 데 쓰는 시간을 줄이고, 좋아하는 일을 조금 더 많이 하며, 정제된 사물과 여백이 있는 공간에서 서로 사랑하며 건강하고 행복하게 오래오래 함께하고 싶다.

스스로 서기

●

아레카야자

나사의 공기정화식물 실험에서 1위를 한 식물이다. 증산 작용도 활발해
하루 1리터 정도의 물을 머금었다 내뿜을 수 있고, 병충해에도 강하다.
실내에서 키울 땐 줄기의 힘이 약해져 가지가 옆으로 드러눕는다.

아들은 어릴 때 자동차를 좋아했다. 돌 무렵 붕붕카부터 시작했다. 안장 위에 올라앉아 웰시코기 같은 두 다리를 앞뒤로 움직여 속도를 냈다. 그게 시들해질 즈음엔 유치원 스쿨버스 닮은 자동차를, 여섯 살 무렵엔 한 손에 들어오는 미니카로 달라졌다. 장난감 자동차를 손에 쥐고 바닥에 앞뒤로 밀며 입으론 부릉부릉 소리를 냈고, 무릎으로 기어 거실 창문 앞에서 식탁 앞까지 내리 달렸다. 아들은 자동차와 함께 있으면 지치지 않았다. 자동차를 좋아하는 아이니까 침대도 자동차 모양을 골랐다.

아들과 나는 그 침대에 머리를 맞대고 눕는 걸 좋아했다. 퇴근해 옷도 갈아입지 않은 채 부랴부랴 저녁을 챙겨 먹고 가슴팍에 동화책을 올린 다음 반쯤 감은 눈으로 책을 읽고 있었다. 아들은 자동차를 손에 쥐고 만지작거리며 내 목소리를 듣다 말했다. "엄마, 나는 초원이 좋아." "초원?" "응, 초원." '초원'이라는 단어를 말한 건 처음이었다. '초원'이 뭔지 알고 하는 이야기일까? "그래. 초원이 좋구나. 초원이 뭔지 말해줄래?" "풀이 많고, 나무가 많은 데 있잖아. 그런 데

가 초원이야." 아들은 초원이 뭔지 알고 있었다. 나는 아들이 좋아하는 '초원'을 기억했다.

아이가 열 살이 되던 해 우리는 주택으로 이사를 했다. 아이는 이제 자동차 대신 게임기와 컴퓨터를 좋아했다. 침대는 파란 자동차에서 서랍이 있는 오크 무늬목 침대로 바뀌었다. 우린 이제 더 이상 머리를 맞대고 누워 책을 읽지 않았다. 아들은 틈만 나면 게임기를 보고 있었다. 나는 아들이 초원을 좋아한다는 것을 떠올려 방에서 초원을 느끼게 해주고 싶었다. 침대 머리맡에 작은 책상을 붙여 아레카야자 세 그루를 올렸다. 새로 데려온 아레카야자는 숱이 가득했다. 아레카야자 잎은 낚싯대처럼 완만한 포물선을 그리며 아들 얼굴 위에서 하늘하늘 춤을 추고 있었다. 아들은 침대에 누워 베개에 머리를 굴리며 식물이 많이 보이니까 꼭 숲에 있는 것 같다며, 더 많은 식물이 있었으면 좋겠다고 말했다. 아이는 때때로 물뿌리개를 찾아 식물에 물도 몇 번 주는 것 같았다.

그러던 아들이 어느 순간 침대에서 나오지 않기 시작했다. 포근하고 아늑하다 했다. 방문을 닫았다. 한여름에도 창문을 열지 않았다. 선풍기도 켜지 않고, 에어컨도 틀지 않았다. 바람 소리가 시끄럽다고 말했다. 통풍이 하나도 되지 않는 공간에서 침대에 누워만 있었다. 창문을 열고 선풍기를 켜고 나오면 다시 창문을 닫고 선풍기를 껐다. 옷장 뒤편에선 곰팡내가 났다. 건강하던 아레카야자에도 벌레가 생기기 시작했다. 솜깍지벌레가 가지마다 다닥다닥 붙어 잎이 흔들릴 때마다 가루가 휘날렸다. 과연 이런 공간에서 사람이 건강하게 살 수 있을까 걱정이 앞섰다.

아무리 이야기해도 소통이 되지 않았다. 우리의 세계가 멀어지는 중이었다. 대화가 되지 않아 나는 글을 쓰기로 했다. 나는 매일 아침 아들에게 한 페이지씩 편지를 썼다. 편지를 쓴 지 1년이 지나고 2년째에 들어서도 큰 변화를 느낄 순 없었다. 환경을 바꿔야겠다고 생각했다.

동물은 본능적으로 자기 영역이 확장되는 걸 좋아한다. 큰 집에서 사는 것은 감사한 일이지만 살림을 건사하느라 아이와 눈 맞추며 이야기하는 시간이 절대적으로 부족했다. 게다가 글을 쓰기 시작하며 나는 거의 지하 스튜디오에 머물렀고, 아들은 2층 아들 방에, 남편은 1층 거실에서 시간을 보냈다. 큰 집은 서로의 생활 반경을 너무 잘 지켜줘 사람 사이가 멀어졌다. 그래서 3층 주택에서 34평 아파트로 이사를 했다. 34평 아파트에선 모두 한 층에 머물렀다. 큰 집보다 훨씬 자주 서로의 눈과 목소리와 시간이 만났다. 그럴 때마다 꽹과리처럼 부딪혔다. 사춘기에 있는 아들이 하는 말은 너무 맞는 말이라 아팠다. "다른 엄마들은…"으로 시작하는 말도 있었다. 이유를 설명해도 아들에겐 핑계와 변명으로 들렸을 것이다.

아들은 부모의 세계로부터 독립하는 중이었다. 사춘기의 아이들은 부모에게 맞서고 이길 수 있어야 한다. 아이라서 어른의 말을 따라야 한다고 생각하지 않는다. 그 '어른의 말'이라는 것이 절대 진리는 아니기 때문이다. 아들의 말과 행동에 속이 상하면서도 나는 아들이 부모를 상대로 자기주장을 펼쳐나가는 게 대견했다. 부모가 가진 선입견과 편견에 반기를 들 수 있어야 세상의 부조리에도 이의를 제기할 수 있다.

사춘기의 충돌은 거칠고 투박해 서로에게 상처를 내지만, 그 또한 성장의 과정이다. 이 시기는 아이들에겐 안전한 공동체인 가정에서 자기주장을 끝까지 펼치는 경험을 할 수 있는 소중한 시간이고, 부모에겐 인내심의 한계에서 한 번 더 참을 수 있는 능력을 기르는 성숙의 시간이다.

감정이 가라앉고 나면 아들에게 말했다. 속마음을 이야기해주어 고맙다고. 아무리 부모 자식 사이라도 속마음을 이야기하는 건 쉽지 않은 일이고, 그냥 지나가지 않고 용기를 내 말해줘서 고맙다고. 엄마는 아들이 자기 생각을 말할 수 있어서 좋다고.

　아들이 고등학교 진학을 위해 어떤 학교를 쓸지 고민했다. 나는 네가 알아서 잘할 거라고, 엄마는 그 결정을 지지한다고 말했다. 아이는 알아서 결정했고, 운도 따라 지망한 학교에 배정받았다. 교복을 맞추고, 아들이 좋아하는 일본 라면집에서 저녁을 먹고 오는 길이었다. "엄마, 나는 지금 살고 있는 집도 나름 좋았어." 아들이 말한다. '나름 좋다'는 것은 어떤 상황에서 긍정을 읽어낼 때 할 수 있는 말이다. "엄마도 이 집에서 너랑 더 친해진 거 같아서 좋았어. 소중한 우리 아들" 하며 머리와 어깨를 쓰다듬는데 아들이 내 눈을 똑바로 바라보며 "응" 하고 웃었다.

꽃은 어디서도 피울 수 있다

●

철쭉

진달랫과지만 독성이 있어 진달래와 달리 식용할 수 없다. 강원특별자치도 정선군 반론산엔 천연기념물 제348호로 지정된 철쭉나무 및 분취류 자생지가 있다. 이곳의 철쭉나무는 수령이 약 200년으로 세계에서 가장 크고 오래된 것이다.

우리 집 앞집인 이페나무 집 정원엔 철쭉이 있다. 정원 공사를 할 때 조경 업체에서는 잎이 눅눅한 철쭉을 보며 병이 들어 오래 가지 못할 것 같다고 말했다. 나는 철쭉에게 "얘들아, 어디가 조금 아픈 것 같은데 원래 아프면서 크는 거거든. 그러니까 힘을 내"라고 말하며 꼭 안아주었다. 시간이 흐르며 철쭉은 초록 잎을 내밀며 점점 건강을 되찾아갔다. 그러곤 꽃을 잔뜩 피웠다. 현재의 상태로 미래를 예단하는 건 아무 의미 없다. 꽃을 피울지 그렇지 않을지는 누구도 알 수 없다.

열심히 글을 쓰는 동생이 있다. 미취학 아들 둘을 키우며 매일 새벽 5시에 일어나 글을 쓴다. 대근육 발달 시기 아이들은 호기심이 많고, 5초도 같은 자리에 머물지 않을 만큼 에너지가 왕성하다. 그 시기의 아들 둘을 돌보며 매일 새벽에 일어나 내려앉는 눈꺼풀과 타협하지 않고 글을 쓴다. 아이와 함께하는 시간은 예측하거나 미리 계획할 수 없기 때문에 엄마 작가는 어쩔 수 없이 시간을 쪼개 쓰고, 조각난 정신을 그러모아 자판을 두들긴다. 2022년 브런치 대상에서 '골디락스'라는 이름을 발견했을 때 일어날 일이 일어 났다고 생각했다.

나는 그녀에게 밥을 사겠다고 했다. 축하 선물로는 책을 한 권 준비했다. 여성 예술가의 고군분투를 담은 《예술하는 습관》이었다. 동생은 읽어보지 않았다고 했다. 동생도 나에게 책을 선물했는데 《달밤 숲속의 올빼미》였다. 나 역시 아직 읽어보지 않은 책이었다. 이 책을 시작으로 여성 작가의 삶을 엿볼 수 있는 책 세 권을 나란히 읽게 되었다.

《달밤 숲속의 올빼미》는 작가 부부 후지타 요시나가와 고이케 마리코의 이야기로, 남편이 세상을 떠난 후 아사히 신문에 연재했던 글을 엮은 책이다. 부부는 문학을 위해 아이를 갖지 않았다. 좁은 아파트 작은 방에 책상을 마주 보게 두고, 중앙에 천을 늘어뜨려 얼굴을 가린 다음 글을 썼다. 쓰고 쓰고 또 썼다. 부부가 동시에 나오키상 후보에 올랐고, 아내가 수상했으나 기뻐할 수 없었다. 5년 후 남편이 같은 상을 받고 나서야 겨우 기뻐할 수 있었다. 그들이 살던 집 앞엔 철쭉 숲이 있었는데 가끔 그 숲속에서 올빼미 우는 소리가 들렸다. 달빛이 비추는 날이면 작가는 밖에 나가 가만히 올빼미 소리를 듣곤 했고, 동물을 좋아하던 남편도 함께 나가보곤 했다. 2018년 3월, 골초였던 남편의 폐에서 3.5센티미터의 종양이 발견되고, 이듬해 늦여름 재발해 1년 10개월의 투병을 거쳐 영면에 들었다.

37년 동안 함께 살며 치열하게 작업하던 작가 부부 중 한 사람은 떠나고 한 사람은 남았다. 아내는 이제 철쭉 숲에서 올빼미 소리를 들어도 이야기할 사람이 없다. 아내는 2019년 남편의 재발 소식에 끝내지 못한 장편소설을 탈고하기로 마음먹고, 꺼져가는 생명을 바라보며 마무리를 했다. 이 소설은 2021년 6월 24일 《神よ憐れみたまえ》(신이여 가련히 여기소서)로 세상에 나왔다.

일상의 일을 처리하면서 계속 글을 쓴 엄마 작가도 있다. 1950년대 초 '제3의 신인'으로 촉망받는 작가로 등단한 후 활발하게 활동하며 《나다운 일상을 산다》를 쓴 소노 아야코가 그 주인공이다. 소노 아야코의 남편 미우라 슈몽도 작가였는데, 남편은 제7대 문화청 장관, 일본예술원 원장을 역임해 사회적으로도 유명한 인물이었다. 이 부부에겐 아들이 하나 있었고, 소노 아야코는 집에서 친정어머니와 시부모님 두 분을 끝까지 모셨다. 2015년부터는 남편인 미우라 슈몽이 가끔 쓰러졌다. 치매 초기 증상으로 추정되었는데, 그의 인지 기능이 무서울 정도로 빠르게 떨어지자 소노 아야코는 남편도 집에서 간호하기로 마음먹는다. 그녀는 매일 남편에게 뭘 만들어 먹일까 고민하는 게 피곤하다면서도 남편이 일상에서 자연스럽게 떠날 수 있도록 도왔다.

남편의 장례식 날, 그녀는 남편에게 편지를 한 통 써 남편의 스웨터 안쪽에 넣고, 남편의 부고가 나온 조간신문 한 부를 넣는다. 이후 남편의 서가에서 발견한 비상금 12만 엔으로 스코티시 폴드 고양이를 입양해 함께 살기 시작했다.

《글로 지은 집》에서 만난 여성 작가도 있다. 2022년 남편이던 이어령 선생이 떠난 후 출간된 책으로, 강인숙 관장의 자전적 에세이다. 강인숙 관장과 이어령 선생은 서울대 국문학과 동기로, 1958년 9월에 결혼해 성북동 골짜기 단칸방에 신혼살림을 차린다. 그 이후 1963년까지 강인숙 관장이 쓴 글은 없다. 당시 강인숙 관장은 이어령 선생의 글 쓸 시간을 확보해주기 위해 결혼한 건지도 모른다고 생각했다. 같은 학교 동문인 이어령 선생이 주목받기 시작하고, 강인숙 관장은 아이를 낳고 기르며 시간 강사 생활을 한다. 당신보다 평점이 낮은 남성들이 전임 강사가 되는 걸 보면서 좌절한 적도 있지만, 결국 10년 만에 건국대에서 전임 강사가 된다.

큰 서재가 필요했던 두 사람은 서울에서 땅값이 가장 저렴하던 평창동 골목 끝에 집을 지어 1974년 12월부터 33년간 그곳에서 산다. 2007년엔 이 집을 허물고 새로 지었다. 그동안 모은 돈을 다 쓰고 대출도 받아야 하는 등 쉽지 않은 여건이었다. 그래도 강인숙 선생은 74세의 나이에도 불구하고 다시 집을 짓기로 마음먹었다.

결혼, 아이, 가난, 병든 부모, 병든 남편, 집 짓기. 삶이란 끝이 없는 허들 경주와 같다. 꿈을 막는 수많은 장애물 속에서 눈물을 뚝뚝 흘리면서도 결국 내가 원하는 쪽을 향해 계속 걸어가는 삶. 고단할지라도 그 과정의 끝에 무엇이 맺힐지 알 수 없기 때문에 끝끝내 가보는 수밖에 없다. 병이 들어도 이겨내며 꽃을 피우는 철쭉처럼.

다 지나간다

●

드라세나 트리컬러 레인보우

백합과의 식물로, 관리가 편하고 어디서든 잘 적응한다. 자유롭게 사방
으로 뻗어나가는 잎을 갖고 있으며, 끝이 뾰족하고 색상이 화려하다. 가
지를 잘라 물에 꽂아두어도 잘 자라고, 실내에서 꽃을 피우는 경우도 종
종 있다.

개인 디자인 브랜드와 함께 성남시 최초의 디자인 협동조합 '몽당'을 설립해 2013년부터 2017년까지 활동했다. '몽당'은 꿈 '몽蒙' 자에 무리 '당黨'을 써 '꿈꾸는 사람들의 모임'이라는 뜻이다. 몽당연필처럼 끝까지 사용되는 디자인을 만들자는 중의적 의미도 있었다. 함께 디자인도 하고, 만든 제품을 가지고 전시회도 나가고 마켓도 하며, 놀 듯 일하며 서로 성장에 도움이 되는 공동체를 꿈꿨다. 2014년엔 협동조합 지원사업에 공모해 선정되었고, 지원금을 받아 서울디자인페스티벌에 참가했다.

서울디자인페스티벌은 협동조합으로 참여한 첫 전시였다. 운도 따라 신청했던 크기보다 더 널찍한 공간을 배정받았다. 협동조합 내 생활용품 브랜드 더리빙팩토리, 가구 브랜드 잭슨 카멜레온, 스튜디오 ALB, 플라스틱 팜, 바이그레이, 김성훈 도자기 등 액세서리, 패브릭, 패션 소품 등등 다양한 브랜드가 함께했다. 덕분에 널찍한 부스에 생동감 있는 디스플레이가 만들어졌다. 첫 전시인데 부스가 관람객으로 발 디딜 틈이 없었다. 상품 안내하느라, 디스플레이를 수정하느라 정신없이 바빴다.

관람객 중 누군가가 전시 책임자를 찾는다고 했다. 계산대 앞엔 어떤 중년 신사가 서 계셨다. 어깨선에 딱 맞는 재킷, 동그란 까만 뿔테 안경, 짧게 깎은 머리, 손가락 반 마디 정도 기른 턱수염엔 흰색이 듬성듬성 보였다. 열서너 살쯤 되어 보이는 여학생과 동행이었다. 그분은 상품에 대한 문의 대신 '몽당'에 대해 꼬치꼬치 물었다. 어떤 사람들이냐, 어떻게 만들었느냐, 어디서 만드냐, 사업 모델은 뭐냐, 수익은 어떻게 배분하느냐 같은 사업 전반에 관한 질문이었다. 우리도 협동조합을 만들고 무엇을 함께하는 게 처음이라 준비된 답변을 할 수 없었다. 부스가 바쁘기도 하고, 어려운 질문이기도 해서 나중에 연락드리겠다며 양해를 구하고 명함을 받았다.

전시회가 끝나고 연락드리니, 시간을 내주셨다. 디자인을 전공하신 대표님은 10년 전 창업해 직접 1톤 트럭을 운전해 배송 다니며 회사를 키우셨다고 했다. 우리 세대는 각자 살기 바빠 함께 모여 무엇을 할 생각은 하지 못했는데 후배 디자이너들이 함께 모여 일하는 모습이 기특하다고 하셨다. 대표님은 조합 내 가구 브랜드엔 공간을 내주셨고, 소품 브랜드의 상품은 바잉하며 물심양면으로 지원해주셨다. 가끔 한 번씩 점심을 사주시며 세상 돌아가는 이야기를 들려 주셨다. 8천 원짜리 우동이나 1만 3천 원짜리 파스타를 사 주시며 개인 카드를 꺼내는 분이셨다. 직접 배송하며 키운 브랜드가 연 매출 100억이 넘던 해, 대표님은 이제는 회사 구성원들에게 안정적인 느낌을 줄 수 있을 거 같다며 좋아 하셨다.

내 브랜드 사무실을 조금 더 큰 사무실로 이전하며 이 전식을 준비했다. 대표님께도 초대장을 보내드렸는데 사람 보다 화분이 먼저 도착했다. 돌 화분에 〈미래소년 코난〉에 등장하는 '포비' 머리카락을 닮은 식물이 심겨 있었다. 삐죽 삐죽 뻗어나간 초록 잎 가장자리엔 분홍색 라인이 있어 그 자체로 추상화 같았다. 화분의 흙 위엔 검은색 자잘한 돌이 깔려 있고, 그 위에는 새알처럼 동글동글한 돌멩이 세 개가 놓여 있었다. 대표님은 선약이 있어 이전식엔 오지 못하셨 지만, 나중에 사무실에 들러 화분의 상태와 모양을 체크하 고, 선물 받은 사람이 마음에 들어 하는지 확인한 다음, 번 창하라는 덕담을 남기고 가셨다. 매장 1층에 입점한 식물 브 랜드에 부탁했다고 홍보도 놓치지 않으셨다.

잎이 사방으로 뻗어나간 그 식물이 마음에 들었다. 이 름은 '드라세나 트리컬러 레인보우'였다. 이사하면서도 식물을 자동차에 넣어 모시고 와 제일 돋보이는 자리(1층 흰 벽 앞)에 두고 하루에도 몇 번씩 인사를 나누었다. 그 후 내 게 힘든 일이 생겼고 연락이 뜸한 채 몇 개월이 흘렀다. 카 카오톡으로 안부 인사를 드렸는데 읽지 않으셔서 무슨 일이 있나 생각했다.

지인으로부터 대표님이 뇌출혈로 쓰러져 누워 계신 지 한 달 가까이 되었다는 소식을 들었다. 그쪽으로 안테나를 세우고 회복 소식을 기다렸는데, 대표님은 그대로 세상을 떠나셨다. 이제 겨우 50대 초반의 나이였다. 대표님 가구 브 랜드가 대한민국디자인대상 국무총리상을 받은 직후였다. 화분을 볼 때마다 마음이 아렸다.

작년 여름, 무탈하게 잘 자라던 드라세나 트리컬러 레 인보우가 시들시들하며 잎을 떨구기 시작했다. 평소와 똑같 이 관리했는데 왜 이렇게 되었는지 이유는 모른다. 겨우내 가까스로 생명을 이어가던 녀석은 봄이 되자 고개가 탁 꺾 였다. 줄기가 뿌리 가까운 곳까지 완전히 물러 있었다. 마음 에 쥐가 난 것처럼 저릿했다. 아직 이별할 준비가 되지 않았 는데… 생명이 있는 모든 것은 수명이 정해져 있다. 그 시기 가 언제인지는 하늘만 안다.

잎이 남아 있는 가지 네 개를 잘라 물을 담은 병에 꽂아

주고, 모체와 흙은 종량제 봉투에 담아 정리했다. 그나마 좀 굵고 힘이 있는 줄기는 시험관처럼 생긴 긴 화병에 꽂아주었다. 그보다 작은 줄기는 까만 유리 화병에 담았고, 설마 이렇게 작고 여린 줄기도 살아남을까 싶은 두 가지는 세면대 앞 유리컵에 담아 매일매일 눈길을 주었다.

손가락 두 마디만 한 드라세나 트리컬러 레인보우가 아기 손 같은 뿌리를 내밀었다. 화분에 손가락으로 구멍을 만들어 두 가지를 한꺼번에 심어주었다. 베란다 문 앞에 두고 매일매일 보았다. 물 대신 흙에 심긴 녀석들은 이틀 사이에 고개가 빳빳해졌다. 드라세나 트리컬러 레인보우는 볼 때마다 바람결에 잎을 흔들며 괜찮다고 말해주었다.

친한 동생 올리브가 사무실 이전을 축하한다며 화분을 보냈다. 동생이 고른 식물은 풍성하게 자란 드라세나 트리컬러 레인보우였다. 이전의 나무보다 잎의 빨간 부분이 더 넓고, 숱이 더 풍성하다. 난 자리를 새 식물과 새 마음이 들어와 메워주었다. 나가고, 들고. 그러면서 다 지나간다.

3장

생명이 있는
모든 것은
있는 힘껏
산다

고난이 밀려와도

●

해피트리

벌레가 잘 생기는 식물은 잎을 촉촉하게 해주는 게 좋다. 식물 잎이 마르면 고구마를 말렸을 때처럼 당분의 농도가 증가해 벌레가 증식하기에 유리한 조건이 된다. 식물 잎이 촉촉할 땐 광합성 작용도 활발해져 산소와 음이온, 피톤치드 등 좋은 물질을 뿜어낸다.

사무실에 도착한 식물은 초대하지 않은 손님이었다. 밀려드는 업무 처리에 숨이 차 머리카락을 휘날리며 종종걸음으로 뛰어다니는데 나를 보고 오도카니 서 있는 식물을 보면 한숨이 나왔다. 아이 참, 바빠 죽겠는데. 축 늘어져 시든 잎들이 빤히 쳐다보는 듯해 가던 발걸음을 멈췄다. 급한 마음에 주전자에 물을 담아 화분에 물을 준다. 바짝 마른 흙은 수분을 머금지 못하고 물이 그대로 구멍 밖으로 흘러나왔다. 아휴. 바빠 죽겠는데 마룻바닥을 닦고 있으려니 그냥 외면할 걸 그랬다는 후회가 밀려온다.

그래도 저렇게 축 늘어진 걸 어떻게 그냥 지나쳐. '아니, 왜 사람들은 식물을 선물해 하찮은 곳에 시간을 쓰게 하나! 어차피 또 죽일 텐데. 차라리 봉투로 주시면 요긴한 데 쓰기라도 하지!' 감사함도 모르고 투덜거린다. 바닥을 닦으며 어차피 이렇게 된 거 깨끗하게 청소나 하자고 마음을 다스린다. 금세 닦고 이제 다 닦았다며 허리를 일으키는데 식물 잎에 다닥다닥 붙어 있는 갈색 동그라미들이 보였다. 자세히 보니 깍지벌레였다. 이 벌레는 해충이다. 소름이 뒷골부터 목덜미를 지나 아킬레스건까지 번개처럼 지나갔다.

녹보수, 해피트리, 벤저민고무나무 모두에 벌레가 생겼다. 녹보수는 잎 가장자리가 매끈하고 해피트리는 톱니처럼 뾰족해 구분할 수 있다. 벤저민고무나무는 녹보수와 비슷하게 생겼지만 잎 가장자리에 흰색 테두리가 있다. 모양은 비슷하지만 녹보수는 능소화과, 해피트리는 두릅나뭇과, 벤저민고무나무는 뽕나무과로 과가 다르다. 그런데 세 나무 모두 벌레가 잘 생긴다.

징그러운 벌레들이 내 나무에 기생하다니. 그냥 둘 수 없었다. 왼손으로 잎을 잡고 오른손으로 휴지를 접어 그 사이에 잎을 끼워 넣고 매달린 벌레들을 밀어냈다. 갈색 형태가 사라지며 휴지에 잔뜩 묻어난다. 그렇게 잎을 하나하나 닦아 벌레를 없애길 반복했다. 회의 시간은 다가오고, 잎엔 여전히 벌레들이 많았다. 뜨거운 태양이 벌레를 무찌르길 바라는 마음으로 식물을 발코니로 옮겼다. 식물이 먼저 구워지면 어쩌나… 그래도 어쩔 수 없지. 그런 마음이었다. 다행히 나무들은 한여름 땡볕에 힘겨워하면서도 쏟아지는 소나기를 마시며 생명을 이어나갔다.

사무실을 옮기며 세 식물을 모두 데리고 왔다. 그런데 8월의 태양도 견딘 나무들이 실내를 견디지 못했다. 벤저민고무나무도 녹보수도 떠나고, 해피트리 한 그루만 남았다. 그 와중에 깍지벌레는 해피트리에 그대로 남아 있었다. 잡고 또 잡아도 계속 보였다. 장마철엔 벌레가 한 잎 한 잎 닦아주기 어려울 만큼 온 나무를 덮었다. 이럴 땐 약을 치거나 잎을 모두 잘라 벌레의 서식지를 제거하는 수밖에 없다. 하는 수 없이 잎을 모두 잘랐다. 가지만 남은 해피트리가 안쓰러웠다. 가지를 닦아주며 말했다. "이제 벌레가 공격하지 못할 거야. 괜찮을 거야." 겨우내 해피트리는 그 상태로 머물렀다. 봄이 되었을 때 해피트리 잔가지를 눌러보았다. 물기 하나 없이 탁 소리를 내며 부러지는 게 아닌가. 가지가 완전히 말라 있었다. 역시 잎을 모두 제거한 건 무리였던 걸까. 엽록소를 품고 있는 초록 잎은 자기에게 필요한 에너지를 만드는 공장인데, 싹둑 잘랐으니 체력도 덩달아 약해졌을 것 같았다.

죽은 나무는 집에 두지 않는 게 좋기에 곧바로 밖으로 내놓았다. '어서 치워야 하는데' 생각하며 한두 주쯤이 흘렀다. 따뜻한 봄날, 화분을 정리하려고 마음먹고 종량제 봉투와 톱을 챙겨 마당으로 나섰다. 비닐봉지를 여는데 앙상한 나뭇가지 사이로 초록이 보이는 것 같았다.

한 손에 톱을 들고 나무 옆으로 갔는데, 세상에! 가지 하나에 푸릇한 새잎이 솟아 있었다. 다 죽은 줄 알았던 해피트리가 새잎을 꼬물꼬물 내고 있었다. 두 손으로 해피트리를 꼭 감싸 안아주었다. 나무는 초여름부터 새잎을 팝콘처럼 팡팡 틔워냈다. 자고 일어나면 쑥 자라 있었다. 출생 직후부터 백일까지 폭풍 성장기에 있는 신생아를 보는 듯했다.

잎이 탈 것 같은 뜨거운 한여름 해를 맞으며, 화분이 쓰러질 것 같은 강한 태풍을 견디며, 양동이로 쏟아붓는 것 같은 빗물을 마시며 해피트리는 바다를 가르는 구릿빛 피부의 근육질 서퍼처럼 잎과 줄기가 굵어지고 진해졌다. 가을을 지나 실내로 다시 데리고 들어오며 혹시 또 해충에게 공격당하는 건 아닌지 걱정되었지만, 죽을 뻔한 고비를 넘기고 자연의 비바람 속에서 요양하며 튼튼해진 나무엔 벌레가 생기지 않았다.

식물도 우리와 똑같다. 건강한 식물은 견디는 힘이 강하고, 아픈 식물은 외부 자극에 예민하다. 우리도 식물과 똑같다. 식물에게도 햇빛이 필요하지만, 사람에게도 햇빛이 필요하다.

요즘 마음 클리닉엔 세로토닌을 처방받기 위해 방문하는 사람이 많다고 들었다. 세로토닌은 불안 조절 및 행복 증진을 담당하는 신경화학물질로, 따뜻한 햇볕을 받을 때 형

성된다. 이러한 녹색 처방은 병원에서 실제 처방으로 쓰인다. 19세기 독일의 의사 다니엘 파울 슈레버 박사는 찾아온 환자에게 햇볕에 나가 맑은 공기를 마시며 푸른 채소를 기르라고 처방했다. 최근 영국에서도 찾아온 환자에게 원예 활동을 하거나 공원이나 녹지를 방문할 것을 권유하고 있다. 우울감이 느껴질 땐 운동화를 바꿔 신고 태양 아래를 걷거나 달리는 게 도움이 된다는 것이다.

햇빛, 물, 식물, 바람, 동물, 사람은 모두 연결되어 있다. 식물과 함께 살며 가꾸고 돌보는 동안 불안감과 우울, 외로움은 사라지고 생명 사랑의 본능이 깨어난다.

끝까지 뻗어나간다

●

몬스테라

잎에 있는 구멍은 잎이 세숫대야만큼 큰 몬스테라가 성장을 위해 진화한
모습이다. 잎이 크면 해를 막아 아래쪽에 있는 식물들이 자라지 못하고,
바람이 불면 찢어지니 스스로 구멍을 내 바람길과 해 길을 만든 것이다.
풍성하고 무탈하게 자라는 식물이다.

투명한 오렌지색 마리 체어 위에 몬스테라를 올려 키웠
다. 몬스테라의 새잎은 투명한 연둣빛으로 비밀 편지처럼
돌돌 말린 채 솟아난다. 새잎을 만나면 왼손에 살짝 감아쥐
고 오른손으로 돌려 편다. 잎 중간엔 구멍이 있고, 구멍 끝
은 잎끼리 가늘게 연결되어 있다. 딱지판에서 딱지를 떼듯
잎과 잎 사이 연결된 부분을 톡 건드려 떼고야 만다.

몬스테라 줄기 중간에선 뿌리가 자랐다. 처음에는 뿌리
인지 아닌지 고개를 갸우뚱하게 하더니 금세 손가락 한 마
디 길이만큼 자랐고, 이내 한 뼘 정도의 길이까지 자랐다.
줄기 중간에서부터 나온 뿌리가 화분을 넘어서려는 즈음 나
는 뿌리를 화분 흙 속에 꽂아주었다. 긴 뿌리가 한 개 더 생
기자 몬스테라의 새잎 나는 속도도 점점 빨라졌다.

한번은 의자 뒤쪽을 걸레질하다 흠칫 놀랐다. 가느다랗
고 까맣고 긴 물체가 책장 사이를 지나고 있었다. 몬스테라
뿌리였다. 뱀처럼 징그럽게 느껴져 소독한 가위로 잘라 정
리했다. 몬스테라 뿌리가 너무 잘 자라 곤란하다는 사람을
종종 만난다. 그럴 땐 잘라도 된다. 굳이 스트레스를 받으면

서 참을 필요는 없다.

몬스테라의 뿌리는 대단한 생명력을 갖고 있어 잘라도
또 자란다. 프랑스의 파리 식물원에 갔을 때 본 몬스테라는
3층 높이에서 1층에 있는 늪까지 뿌리를 내려 물을 마시고
있었다. 한두 뿌리가 아니라 광케이블처럼 여러 뿌리가 힘 있
게 뻗어 있었다. 그 모습에서 번역가 김욱 선생이 떠올랐다.

김욱 선생은 1930년생으로 30년간 저널리스트로 지냈
다. 중앙일보 편집국장으로 퇴직하고, 월간지에서 편집위원
으로 10년을 더 일해 예순 넘어까지 일했다. 퇴직 후에는 화
성에 집을 짓고, 소설가가 되고 싶던 꿈에 도전해볼 생각이
었다. 대학 2학년 때 〈문예〉지에 단편소설을 투고해 2차까
지 심사를 거쳐 원고가 김동리 책상 위에 올려졌지만, 친구
와 술을 마시고 귀가하다 서대문 교차로에서 인민군에 붙들
려 의용군으로 끌려가면서 기회를 잃었다. 목숨을 걸고 탈
출했으나 그다음엔 국군에 징집됐다.

학업을 마치고 경향신문 편집부에 근무하던 시기엔 경
향신문 신춘문예에 필명으로 응모한 적도 있다. 최종심 두
편 중 하나가 김욱 작가의 원고였다. 문화부에선 그의 작품
에 더 후한 점수를 주었으나 심사위원의 반대로 낙선한다.
그러고는 계속 저널리스트로 산다. 그러나 퇴직 후 문학에

도전하려던 계획은 물거품이 된다. 보증을 잘못 서 집이 경매에 넘어갔기 때문이다. 일흔의 나이에 집에서 쫓겨나고, 수중에 재산이라곤 가지고 있던 돈 150만 원과 법원에서 이사비로 준 150만 원이 전부였다.

다행히 도움의 손길을 내밀어준 사람이 있어서 길거리 신세는 면하지만, 1년에 한 번 시제를 지내주는 조건으로 남의 집 묘막살이가 시작된다. 일간지 전 편집국장이 남의 집 묘막살이를 하게 된 것이다. 이 일로 협심증이 왔는데, 건강보험료를 납부하지 못해 병원에도 갈 수 없었다. 주치의였던 의사에게 사정을 말했더니 도저히 안 되겠을 때 새끼손가락에 찍어 먹으라고 약을 한 봉지 주었다. 한 봉지를 다 먹으면 어떻게 되냐는 그의 질문에 의사는 그럼 끝이라고 말했다. 의사에게 받은 약을 주머니에 넣고 다니며 하루만 더 견디자, 하루만 더 견디자 하며 10년을 견뎠다.

하루는 아내가 아내 친구 남편의 공장에 김장을 해주면 일당 5만 원을 준다고 해서 갔다가, 주방 일을 돕고 열흘만에 돌아왔다. 당시 김욱 선생은 돈이 없어서 밥을 굶었다. 그때 귀가 안 들렸는데, 아내가 공장에서 가져온 갈비로 탕국을 끓이고, 보쌈김치와 함께 해준 쌀밥을 먹고 귀가 다시 들리기 시작한다. 영양실조 때문에 청력이 손실됐던 것이다. 막다른 골목에 다다라 선생은 어떻게 먹고살 것인가를 다시 고민하게 된다. 30년 저널리스트 경력에 그중 10년은 신문사 데스크로 일한 실력자였다. 글을 쓰는 건 자신 있었고, 일본 강점기에 소학교를 다녀 일본어를 할 줄 아니 일본어 번역을 노린다. 저작권이 소멸한 좋은 책 중 우리나라에 번역 출간되지 않는 것을 골라 출판사에 제안한다. 출판사는 번역료와 책값만 있으면 출판할 수 있으니 마다할 이유가 없었다.

일흔부터 번역을 시작한 그는 매일 새벽 4시에 일어나 하루 여덟 시간, 평균 70매 정도를 번역했다. 70세부터 85세까지 15년 동안 200권을 번역했다. 한 달에 한 권 이상 번역한 셈이다. 그사이 원고지 한 장에 천오백 원 받던 원고료가 3천 원으로 오르면서 형편도 점점 나아졌다.

김욱 선생은 일흔에 아무것 없이 시작해 일본어 번역가로 이름을 날린다. 2023년에 개봉한 일본 애니메이션의 대가 미야자키 하야오의 작품 〈그대들 어떻게 살 것인가〉의 원작은 이미 그가 10년 전에 번역 출간해놓은 책이다. 한국에 쇼펜하우어 열풍을 가져온 《쇼펜하우어 아포리즘: 당신의 인생이 왜 힘들지 않아야 한다고 생각하십니까》도 김욱 선생의 성과다. 그리고 이 이야기를 《취미로 직업을 삼다》

라는 책으로 남겼다. 일흔에 쫄딱 망해 죽다 산 이야기를 꺼내 놓는 것이야말로 얼마나 대단한 배짱인가. 그뿐만이 아니다. 김욱 선생은 65세에 난생처음 핸들을 잡았고, 세 번만에 운전면허 필기시험에 합격했다. 주행시험에서 시동을 꺼트려 또 떨어졌지만 결국 운전면허를 취득해 고속도로를 평균 시속 120킬로미터로 달렸다.

95세까지는 일본어 번역가로 살고, 그 이후엔 중국어를 배워 백열 살쯤엔 루쉰의 '광인일기'를 번역하기를 꿈꾸던 그분은 이제 세상에 없다. 그러나 2024년 현재, 서점 베스트셀러 목록엔 김욱 선생의 책 두 권이 들어가 있다.

이것이 생명력이다. 꺼지는 날까지 포기하지 않고 투지를 갖고 나아가는 일. 3층에 물이 없으면 1층까지 뿌리를 내려서라도 물을 먹는 몬스테라, 당당히 번역가로 자리매김한 김욱 선생. 생명의 힘이란 끝까지 뻗어나가는 것이다.

미리 준비하기

●

겹벚꽃나무

페티코트를 여러 겹 입은 것처럼 화려한 꽃을 보여주는 장미목 장미과의
식물이다. 우리 동네 겹벚꽃나무 이름표엔 '왕벚나무'로 쓰여 있는데, 둘
은 다른 종이다. 서산 개심사와 순천 선암사의 겹벚꽃이 유명하다.

나뭇잎이 모두 떨어진 겨울의 거리는 아무리 긍정적인 시선으로 바라보려고 해도 다 식은 커피 같다. 잎이 다 떨어진 앙상한 나뭇가지는 퍼석퍼석 말라 더 가늘어지고, 잎도 꽃도 없는 겨울은 차가운 회색으로만 보인다. 어떤 겨울은 온통 검은색이었다. 길을 거니는 거의 모든 사람이 검정 외투를 입었고, 그중 상당수는 '롱패딩'이라 불리는 발목까지 내려오는 긴 점퍼를 입었다. 그래도 그 겨울에는 길에서 만나는 '사람'이라는 생명체가 있었다. 그마저도 없던 지난 겨울, 코로나 팬데믹으로 사회적 거리 두기가 시행되며 세상은 더 휑해졌다. 움직이는 생명체가 없는 길이 얼마나 스산한지, 길고 긴 겨울이 끝나지 않을 것만 같았다.

그러다 연둣빛이 아롱거리는 이른 봄, 나무에 매화꽃이 하나둘 톡톡 터질 때면 몸도 마음도 기지개를 켜며 겨울잠에서 깨어난다. 메마른 나뭇가지에 물이 차오르며 나무가 물을 마시는 소리가 들리는 계절, 가지마다 벚꽃이 풍성한 벚나무 사이를 걸으면 달착지근했다. 벚꽃이 지던 어느 봄날이었다. 꽃잎이 눈가루처럼 바람에 날리는 벚꽃길을 사람들은 둘, 셋, 넷 모여 걷고 있었다. 나도 그들을 따라 걷다 갑자기 달리고 싶었다. 철인 3종 경기와 마라톤을 하는 이영미 작가의 《마녀체력》을 읽은 다음이었다.

무슨 마흔일곱 살이 달리기야. 아서라, 아서. 그러다 자빠지면 무릎 깨지지. 머릿속에선 돌부리에 발이 채여 바닥에 대자로 넘어지는 모습이 떠올랐다. 해봐, 한번 해봐. 살살 부추기는 벚꽃에 마음을 빼앗겨 오른발을 내밀었다. 좀더 빠르게 왼발을 앞으로 내밀었다. 하나둘 하나둘, 오른발과 왼발이 왔다 갔다 했다. 내 두 다리는 달리는 법을 기억하고 있었다. 첫날 나는 2킬로미터 남짓 달렸다. 마음속 훼방꾼을 발로 뻥 차버린 통쾌함과 가로막은 바리케이드를 부수고 나온 해방감을 느꼈다.

그해 봄부터 겨울까지 달리기가 얼마나 재밌었는지 모른다. 얼마나 재미있었으면 매일매일 했을까. 나무들과 하이파이브 하며 달리는 기분은 최고였다. 그날은 흐린 여름날이었다. 1킬로미터 정도 달렸는데 비가 부슬부슬 내리기 시작했다. 더 달려야 하나 말아야 하나 망설였다. 그런데 비가 와도 달릴 수 있지 않나? 빗속을 달려본 기억이 없었다. 안 해봤으니까 안 된다고 생각했다. 길엔 아무도 없었고, 폭삭 젖어도 볼 사람이 없으니 그냥 달려보기로 했다.

빗방울이 얼굴에 와 닿았고, 팔을 앞뒤로 움직일 때마다 팔꿈치에 맺힌 물방울이 떨어졌다. 허수아비처럼 팔을 양쪽으로 쭉 펴고 내리는 비를 맞으며 달리는데, 하늘과 땅과 내가 연결된 느낌이 들었다. 바닷속을 유유히 헤엄치는 돌고래처럼 자유로웠다.

달리기와 친해진 다음 자연과도 친밀해졌다. 매일 보던 산책로도 매일매일 다르게 느껴졌다. 햇빛의 방향, 바람의 속도, 나무의 냄새, 나뭇잎의 색깔, 매 순간이 달랐다. 어떤 날은 참새 떼와 함께 달렸고, 바위 사이에서 고개를 빼꼼히 내밀고 있는 너구리를 만났고, 길을 가로지르는 실뱀도 만났다. 무섭지 않았다. 달리는 동안 마음속 응어리는 공기 속으로 사라졌고, 흘린 땀만큼 몸과 마음이 가벼워졌다.

달리며 내가 사는 동네와도 더 가까워졌다. 청계공원을 따라 산을 오르고 운중천으로 내려와 러닝 코스에 진입한다든지, 운중천 남쪽 코스로 갔다 반환점에서 북쪽 코스로 온다든지, 동네 구석구석을 달리는 동안 골목을 탐험하는 어린이로 돌아간 것 같았다. 이후 나는 동네를 이렇게 기억하게 되었다. 1킬로미터 지점엔 버드나무, 1.5킬로미터 지점엔 겹벚꽃나무, 2킬로미터 지점엔 소나무 군락, 3.5킬로미터 지점엔 은사시나무.

겹벚꽃나무는 다른 벚나무들이 풍성한 흰 꽃 드레스로 갈아입는 동안 겨울과 같은 모습으로 헐벗고 있었다. 다른 벚나무는 가지를 곧게 뻗었는데 이 나무는 가지가 U 자로 자랐다. 어디가 아픈가 걱정스러웠다. 그러나 겹벚꽃나무는 모두가 꽃을 피우고 꽃잎을 다 떨굴 때 홀로 꽃을 피웠다. 레이스가 여러 겹 겹쳐진 진분홍 드레스 같은 겹꽃이었다. 겹벚꽃나무는 혼자 당당하게 자기의 길을 간다. 나무가 친구처럼 느껴졌다.

아침마다 겹벚꽃나무가 보고 싶어 달려가 인사를 건네고 오곤 했다. 덕분에 하루 3킬로미터를 쉽게 달릴 수 있었다. 조금 더 친해진 다음엔 나무줄기를 감싸 안고 인사를 나누었다. 겹벚꽃나무는 봄에는 진분홍 꽃비를 뿌리고, 여름엔 촘촘한 잎으로 하늘을 가려 그늘을 만들어주었다. 잎이 하나둘 지기 시작하는 가을날이 지나고 그 많던 잎이 모두 사라진 다음 검은색에 가까운 고동색 줄기만 남았다. 그 채로 한겨울을 맞는 나무가 안쓰러워 굳이 보고 싶지 않았다.

며칠 안 가면 기다릴 것만 같아 또 가고 또 가고 하던 어느 날, 겹벚꽃나무 가지를 쓰다듬으며 힘내라 응원을 보내는데 가지 사이에 볼록한 것이 눈에 들어왔다. 가지 끝에 초점을 맞추고 깨알만 한 그것을 뚫어져라 바라보았다. 벌레가 겨울을 나려고 둥지를 틀었나 싶었다. 살살 건드려 보았는데 떨어지지 않았다. 꽃봉오리 같기도 해 눈을 크게 뜨고 다시 보았다. 꽃봉오리가 맞았다. 며칠 지나 보면 꽃봉오리는 손톱 끝만큼 자라 있고, 며칠 지나면 또 손톱 끝만큼 자라 있었다. 나무는 잎이 떨어지자마자 다음 봄을 준비하는 것이다.

겹벚꽃나무가 눈을 동그랗게 뜨고 내게 묻는다. 너는 내년 봄을 위해 무엇을 준비하고 있느냐고. 나는 내년 봄의 계획은 아직 모른다고 웅얼웅얼 말했다. 하루하루 살기도 바쁜데, 어떻게 6개월 후를 계획하느냐 대답하는 내 목소리가 점점 작아졌다. 봄이 무르익자 겹벚꽃나무는 소담스러운 겹겹의 분홍 꽃을 보여주었고, 꽃이 진 다음엔 초록 잎으로 해를 가려주고 비를 막아주었다. 또 가을은 왔고 낙엽이 지기 시작했다. 방긋 웃는 얼굴로 어서 오라 인사하는 겹벚꽃나무에게 다가간다. 나는 겹벚꽃나무가 묻기 전에 내년에는 무슨 무슨 계획이 있다고 먼저 수다스럽게 이야기한다. 은근히 옆구리를 찌르는 겹벚꽃나무는 왕벗 같다.

근육에 배도록

●

유칼립투스

향기가 좋아 가지를 말려도 향이 오래 간다. 향이 있는 식물은 바람이 잘
통하는 북쪽 베란다에서 말린다. 유칼립투스 오일은 고대 그리스부터 피
부를 젊게 유지하는 데 도움을 준다고 알려졌다. 강한 살균 작용이 있고,
스트레스 해소에도 도움을 준다.

유칼립투스 키우기에 도전했지만 세 번을 연거푸 실패하고 말았다. 아무리 작은 이별이라도 이별이란 눈에 들어간 눈썹처럼 따갑고 아프다. 키우는 식물이 하나둘 늘어날 때마다 걱정도 는다. 어떻게 돌봐야 하는지 모르는 데서 오는 불안이었다. 식물은 약해 아차 하면 금방 죽을 것 같았다. 혹시 내 잘못으로 세상을 떠나면 어떻게 하나. 죄책감에 시달릴 것 같아 두려웠다. 모든 식물이 다 죽을까 봐 잔뜩 겁을 먹곤 했다.

그런데 대체로 식물은 강했다. 생명체에겐 생태계에 적응하는 유전자 정보가 있다던데 사실이었다. 식물을 돌보는 것도 그랬다. 어느 정도 해보니 식물에 맞게 적응이 되었다. 함께 살며 노란 잎이 보이면 따주고, 말라 떨어져 있는 잎은 걷어주고, 축 늘어진 식물엔 물을 주고, 벌레가 생긴 잎은 붓으로 쓸어주며 하나씩 하나씩 해결해나갔다. 물통에 물을 담고 EM 용액을 타고, 화분 흙에 붓고, 시든 가지를 잘라낸다. 마른 화분은 물통 안에 담아 흠뻑 적셔준다. 끊임없이 시간과 품이 들어갔고, 경험이 쌓임에 따라 불안은 잦아들었다. 대신 손에 물 마를 날이 없었다.

꽃을 배우며 내 손은 더 많은 일을 했다. 꽃을 사오고, 잎을 걷어내고, 줄기를 잘라 화기에 꽃을 꽂았다. 바닥에 떨어진 꽃 부스러기들도 빗자루 대신 손으로 쓱쓱 쓸어 종량제 봉투에 넣었다. 화훼장식기능사 자격시험을 준비하며 내 손은 아예 쉴 틈이 없어졌다. 신부 부케 과제는 장미와 리시안셔스, 유칼립투스를 7센티미터로 잘라 세 가지 식물을 철사로 칭칭 감아 하나의 덩어리를 만들고, 그 철사에 플로럴 테이프를 둘둘 말아 철사를 숨긴다. 이 덩어리 30개를 10분 안에 만들어야 합격권이었다. 꽃을 자르는 데 가위질 아흔 번, 세 가지 꽃을 한 묶음으로 묶는 데 아흔 번, 철사 감는 데 서른 번, 플로럴 테이프 감는 데 서른 번. 총 이백사십 번. 10분은 600초, 철사 감고 플로럴 테이프 감는 과정을 10~12초 안에 해내면 가능성 있었다.

멀쩡한 꽃을 연습용으로 댕강댕강 자르긴 미안했다. 꽃대 대신 이쑤시개를 사용했다. 한 번 연습하려면 이쑤시개 30개가 필요하다. 시험을 앞두고는 주머니에 이쑤시개와 철사를 넣어두고 계속 감았다. 소요 시간이 4분 안으로 들어오기 시작할 때 생화로 연습했다. 꽃뿐 아니라 자투리 꽃대도 버리지 않고 7센티미터로 잘라 연습했다. 유칼립투스

수액이 손가락 끝에 묻어 진득진득해졌다. 꽃대에 감긴 철사를 잡아당기느라 손아귀가 아프고, 손가락 끝에는 물집이 생겼다. 물끄러미 내려다본 손은 피부가 두껍고 뻣뻣해져 있었다. 할머니 손 같았다. 손바닥이 나무껍질 같았던 할머니 손. 할머니 손은 손톱까지도 두꺼운 신기한 손이었다. 어릴 때 할머니 손바닥을 만져보다가 뒤집어 손등을 보고, 손톱을 만져보기도 했다. 할머니는 그 손으로 뜨거운 국이 담긴 냄비도, 갓 지은 밥을 담아 손이 데일 것 같은 스테인리스 밥공기도 척척 옮기셨다. 정말 강하고 편리한 손이었다.

"할머니, 할머니 손은 대단해. 뜨거운 밥공기도 맨손으로 들고. 어떻게 하면 그런 손을 가질 수 있어?"

"일을 많이 하면 그렇게 되지."

"어떤 일을 많이 하면 되는데?"

"집안일을 많이 하면 되지."

"집안일은 어떻게 하는 건데?"

"집안일 같은 거 하지 말고, 공부해라."

"그럼 할머니 손을 가질 수 없는 거 아니야?"

할머니는 두 손을 치마폭 뒤에 숨기며 "이런 손, 안 가져도 된다"라고 하셨다. 그렇게 말씀하셨지만, 식물을 많이 키우고 꽃을 배우며 내 손은 점점 더 할머니 손과 닮아갔다.

덕분에 나뭇잎을 쓸어 담거나 나뭇가지를 잘라야 할 때 편리하다. 장미 가시에 찔려도 덜 아프고, 잎에 생긴 작은 벌레를 그냥 손으로 쓸어내기에도 좋다.

내 손은 할 줄 아는 게 많았다. 서울디자인페스티벌 전시를 위해 미송 합판으로 만든 커다란 아일랜드 테이블을 쓸 계획이었다. 테이블 표면을 쓸어보니 나무 가시가 거슬거슬했다. 굵은 사포를 들고 반으로 접어 손으로 쥔 다음 표면을 문질렀다. 왼손 손바닥으로 나무를 만지며 상태를 가늠하고 다시 사포를 거머쥐고 표면을 갈아냈다. 손의 속도에서 리듬감이 느껴졌다. 언제 사포질을 해봤는지 정확하게 기억나진 않지만 내 손은 알고 있었다.

근육은 행동을 기억한다. 천재 안무가 트와일라 타프는 안무를 기억하는 건 근육이라고 했다. 댄서들은 몇 년 전 안무에 썼던 음악을 만나도 그 안무를 기억해 저절로 춤을 춘다고. 그들은 연습하고 또 연습해 근육에 배도록 만든다. 그런데 댄서만 그럴까. 우리가 하는 거의 모든 일은 몸을 써야 할 수 있다. 글을 쓰는 일도 컴퓨터 CPU가 돌아가는 것처럼 머리가 뜨끈뜨끈해지고 손과 눈이 계속 움직인다. 근육에 배기 위해선 절대적인 훈련과 물리적인 시간이 필요하다. 그 지난한 시간 뒤에야 우린 전문성을 얻을 수 있다. 전문성은 그 사람의 몸의 움직임에서 드러난다.

　사포를 꼭 쥐고 규칙적인 속도로 움직이는 내 손이 꼭 뜨거운 스테인리스 밥공기를 척척 옮기던 할머니 손 같다. 내 손도 할머니 손처럼 모든 걸 유연하게 해내는 척척박사가 되고 있다. 한계가 조금씩 확장될수록, 못하던 일을 기어이 잘하게 될수록 더 자유롭다. 그걸 알아보기 위해 써야 하는 시간과 에너지가 줄어든다. 전문성이란 정해진 시간 안에 얼마나 완성도 높은 일을 해낼 수 있는가에서 온다.

　별것 없는 일상이 물처럼 밍밍하게 느껴질 땐 무엇인가 새로운 것에 도전해보자. 지금까지 안 해본 일일수록, 처음 도전해보는 일을 할수록 더 재미있다. 이렇게 보낸 시간은 또 근육 어딘가에 배어 때가 되면 나타날 것이다. 무슨 일이든 척척 해내는 두 손. 그런 손을 갖고 싶은 나는 손에 굳은 살이 박이는 게 두렵지 않다. 손톱 근처 두꺼운 굳은살이 박여 몇 번 떨어져나갔지만 화훼장식기능사 실기시험도 한 번에 붙었다. 드디어 유칼립투스도 두 해를 키웠다.

나를 지키기

●

억새

우리나라 전역에서 자라는 여러해살이풀이다. 가을 무렵이 되면 줄기 끝
에 작은 이삭이 맺힌다. 화분에 심어 바람이 잘 부는 곳에 두면 특유의 질
감으로 서정적인 분위기를 낸다.

대체로 사람은 타고나길 약하게 태어난 곳이 자꾸 아프다. 아들은 컨디션이 좋지 않으면 기침을 했다. 놀이터에서 땀을 뻘뻘 흘리며 머리카락이 푹 젖을 만큼 실컷 논 저녁, 바람이 좀 차다 싶으면 여지없이 콜록콜록 소리가 들렸다. 팔삭둥이로 태어나 호흡기가 약한가 마음이 조마조마했다. 어느 해는 겨울 내내 기침을 했다. 동네 소아청소년과부터 대학병원 이비인후과, 한의원까지 다 가보아도 아무 이상이 없다고 했다. 여섯 살짜리 꼬마가 기침하느라 얼마나 힘들었는지, 겨울이 다 가는 동안 키가 1센티미터도 자라지 않았다.

미세먼지로 가시거리가 2미터도 나오지 않는 겨울날에도 아이는 기침을 했다. 어떻게 하면 좋은 공기를 마시게 할 수 있을까? 어릴 때 아버지를 따라 산에 오르면 큰 숨이 쉬어지던 기억이 났다. 코끝에 풍기는 소나무 향기는 가슴속을 지우개로 깨끗하게 지우는 것 같았다. 집에 숲처럼 나무가 많으면 어떨까? 질문에 대한 답을 찾은 게 200여 개의 식물과 함께 살게 된 계기였다.

관계는 함께 보낸 시간만큼 가까워진다. 식물들과 동고동락하며 우리는 퍽 친해졌다. 아침에 일어나 복도를 걸으면 식물들이 속닥속닥 말을 걸었다. 스파티필름이 "나 지금 목이 좀 마른데…" 하며 쳐다보는 듯해 발걸음을 멈추고 화분 속 흙을 만지면 여지없이 버석버석했다. 그럼 물뿌리개에 물을 담아 흙에 뿌렸다. 몇 걸음 옮기면 이번엔 해피트리가 "나 지금 잎이 너무 간질간질해" 한다. 손에 잎을 잡고 앞뒤를 관찰하면 깍지벌레가 붙어 있었다. 휴지로 벌레를 누르고 밀었다. 그저 물을 주고 벌레를 잡아주면 식물은 무럭무럭 잘 자랐다. 함께 사는 생명들이 반짝반짝하게 싱그러워지는 걸 보며 나는 내가 무엇을 잘할 수 있다고 느꼈다. 식물을 돌보는 동안 내 마음도 자라고 있었다.

나뭇잎이 숱이 적어지는 가을이 되면 시원한 바람에 정신이 번쩍 든다. 그럴 때 뭔가 새롭게 시작하고 싶다. 그해 가을도 그랬다. 뭘 해볼까. 집 밖의 식물들이 눈에 들어왔다. 200여 개의 실내 식물과 잘 지냈으니, 창밖의 정원을 꾸미는 일도 어렵지 않게 느껴졌다. 그런데 영 진도가 나가지 않았다. 손바닥만 한 정원인데도 무엇을 심어야 할지, 어떻게 심어야 할지, 내년엔 어떤 모습일지 그려지지 않았다. 자칭, 타칭 식물 전문가인데 정원 식물을 모른다는 사실이 부끄러웠다. 생각해보면 다 같은 의사라도 안과, 피부과, 이비인후과 다 다르지 않나. 식물 전문가도 전공과목에 따라 다르다. 지구의 식물은 70만 종이나 되니 다 알 순 없다.

1년 내내 꽃 피는 정원을 갖고 싶었다. 조경 전문가의 손을 빌리기로 했다. 조경 업체 대표를 만나 원하는 정원에 대해 말했다. 1년 내내 꽃이 피면 좋겠고, 피트 아우돌프의 자연주의 정원처럼 자연스럽고 살아 있는 수채화 같은 모습을 원한다고. 조경 업체 사장님은 고개를 끄덕이며 자신도 그런 정원을 좋아한다며 그렇게 해보겠다고 말했다.

정원을 시공하던 날, 한껏 피어 있는 꽃들을 보며 아차 싶었다. 그땐 늦여름이었으므로 여름 시장에서 구할 수 있는 식물을 심을 수밖에 없다. 봄, 여름, 가을, 겨울 내내 꽃 피는 정원을 가지려면 봄, 여름, 가을, 겨울마다 꽃을 심고 돌봐야 하는 것이다. 우리 정원은 봇들레아, 쑥부쟁이, 겹대상화, 화살나무, 목수국 위주의 초가을 정원이 되었다. 이웃이 오가는 길가 앞엔 새빨간 열매가 예쁜 낙상홍과 향기 좋은 부들레이아, 풍성한 억새를 심었다. 억새 자리는 주차장 바로 옆이라 차에서 내리고 탈 때 문에 끼이거나 옷에 쓸릴 간섭이 있지 않을까 고개를 갸우뚱했지만, 전문가가 알아서 했겠지 싶었다.

다섯 번의 가을을 보내는 동안 아가 억새는 숲으로 자랐다. 차에 내리고 탈 때마다 풀잎이 몸을 스쳤다. 피부에 닿는 억새의 날카로운 느낌이 좋지 않았다. 정리를 좀 해야지 벼르고 벼르다 달리기를 하고 돌아오는 길 땀을 뻘뻘 흘린 김에 가위를 들고 억새를 자르기 시작했다. 민소매에 러닝 쇼츠 차림이었다.

억새가 보는 앞에서 억새를 잘랐다. 자른 억새 잎이 짚단처럼 수북이 쌓였다. 억새 입장에선 친구들의 사체 더미를 보고 있는 셈이다. 억새들이 왜 멀쩡한 친구들을 자르냐고 뭐라 뭐라 거세게 항의하는 듯했다. 나는 "억새야, 미안해. 집을 잘 지켜준 거 고마워. 진짜 고맙게 생각해. 그런데 이렇게 무성하게 자라면 내가 힘들어. 우리 같이 잘 살자. 자른 억새가 죽는 건 아니야. 곧 다시 잎이 날 거야. 고맙고 미안해"라고 사과했다. 마음을 읽어주자 억새의 원성은 사라지는 듯했지만 영 시무룩해 보였다.

억새들이 보고 싶어 하지 않는 잘린 줄기를 종량제 봉투에 얼른 쓸어 담았다. 잎새가 길고 억세서 중간중간 다시 가위질해 동강 냈다. 오늘은 여기까지만 하자고 혼잣말하며 허리를 펴고 일어서는데 갑자기 팔다리가 가려웠다. '가렵다' 정도의 느낌이 아니라 가려워 미칠 것만 같았다. 벅벅

붉고 나니 빨갛게 발진이 올라왔다. 급한 대로 수건을 물에 적셔 팔다리를 닦았다. 수건을 헹궈가며 세 번을 닦으니 소양증이 조금 가라앉았다.

이게 풀독이구나! 억새 녀석들. 침입자를 쫓으려고 독을 뿜었나 보다. 적으로부터 나를 지키는 것은 생명의 원리다. 나를 상하게 하는 데 가만히 있는 것은 생명이 꺼져가고 있을 때뿐이다.

억새에게 나를 지키는 법을 배운다. 가만히 있는 건 삶의 방식이 아니라고, 아니면 아니라고 외치고 독을 뿜더라도 자신을 지켜야 한다고. 그렇다. 나는 내 힘으로 지켜야 한다. 풀독 때문인지 며칠 몸살이 스쳐 지나갔다.

매일매일 한다

●

스킨답서스

실내에서 키우기 가장 쉬운 식물로, 절대 죽지 않아 별명이 '악마의 식물'
이다. 덩굴식물이라 줄기가 길게 자라는데, 줄기 중간의 공중 뿌리 부분
을 잘라 수경 재배로 키우면 아주 쉽고 편리하다. 여러 가지 색상의 스킨
답서스를 모아 키우면 그 자체로 아름답다.

무엇이든 매일매일 하는 것이 중요하다. 누구나 안다. 그러나 매일매일 하는 게 가장 어렵다. 7년 전까지만 해도 나 역시 매일매일 꾸준히 하는 게 하나도 없는 40대 중반의 '중년' 여성이었다. 그런 내가 식물 200여 개와 함께 살며 달라졌다. 내 손길이 닿아 식물이 무럭무럭 잘 자라는 걸 보며 생전 처음으로 '나도 잘하는 게 있구나!' 하는 생각이 들었다. 혹시 다른 것도 잘할 수 있지 않을까 하는 기대감이 생겼다. 그다음은 글쓰기였다. 7년간 하루도 빼지 않고 매일 아침 글을 쓰며, 드디어 나도 매일 무언가를 꾸준히 하는 사람이 되었다.

모닝페이지는 아침에 일어나자마자 20분 동안 머릿속에 떠오르는 생각을 아무거나 적는 것이다. 아침 글쓰기에 '모닝페이지'라는 정체성을 부여한 줄리아 카메론 작가는 모닝페이지에는 어떤 주제도, 어떤 형식도 없다고 생각을 열어두지만, 그의 책에서 가이드라인을 발견할 수 있었다. 매일 아침에 일어나자마자, 20분, 손으로, A4 용지 세 페이지. '아침에 일어나자마자'는 직관과 통찰이 가장 활발한 시간이다. '20분'은 운동을 20분 이상 하라는 뜻과 같은 의미이며, 손을 사용해야 하는 까닭은 뇌의 혈류가 증가하기 때문이다. A4 용지 세 페이지도 중요한데, 한 페이지 반에서는 쓸데없는 이야기가, 나머지 한 페이지 반에서 중요한 이야기가 흘러나오기 때문이다.

모닝페이지를 한번 해볼까? 하는 마음이 들었을 때, 나는 집에 굴러다니던 낡은 대학 노트를 모아 스프링을 풀고 꿰어 한 권으로 만들었다. 새 노트를 사지 않았다. 시작은 창대하지만 끝은 초라한 경우가 많아 또 실망하기 싫었기 때문이다. 노트는 검은색 표지였다. 마침 노란색 인테리어 필름 남은 게 있어 동그랗게 오려 표지에 붙이고, 밤에 달이 뜬 셈 쳤다.

노트를 펼쳐 맨 앞 장부터 페이지마다 번호를 매겼다. 1부터 100까지 쓰면서도 100일까지 할 수 있을까? 어차피 안 할 텐데, 노트에 숫자를 써넣는 시간도 아깝다는 마음이 스쳐 지나갔다. 노트가 놓인 책상 앞에 환하게 빛나는 형광 스킨답서스 화분 하나를 올렸다. 스킨답서스는 잘 자라 절대 죽지 않는 식물이다. 강한 생명력을 가진 식물이 지켜보면 매일매일 할 수 있을 것만 같았다.

첫날. 아침을 조금 일찍 시작했다. 볼펜을 쥐고 글을 써

내려가는데 손이 글씨 쓰는 법을 잊어버린 것 같았다. 글씨 매무새가 흐물거렸다. 1일째는 성공했다. 다음 날 아침이 기다려졌다. 뭔가 재미있었다. 마음속 비밀의 장소에 들어갔다 나온 기분이었다. 3일째 되던 날, 나는 처음으로 내가 매일 무엇인가 할 수 있을지도 모른다고 느꼈다. 2017년의 나는 1일부터 100일까지 하루도 빼지 않고 매일 쓰며 40년 넘게 하지 못하던 '매일 하기'를 해냈다. 100일이 넘어가니 그동안의 노력이 아까워 계속하게 되었다. 저항이 사라지고 저절로 돌아가는 원심력이 생겼다.

이건 뇌 회로도와 상관이 있다. 뇌에는 가소성이 있어 노력을 통해 회로도를 바꿀 수 있다. 사람에 따라 다르지만, 보통 사람은 100일 정도 노력하면 회로도를 바꿀 수 있다. 재미있는 사실은 중간에 그만두면 처음부터 다시 시작해야 한다는 점이다. 뇌는 내 노력에 맞게 회로도를 바꾸다 멈추면 '어, 아닌가 본데?' 하며 그쪽으로 가는 전기 신호를 차단하고 원래대로 돌아간다. 그러니까 시작했으면 그냥 끝까지 하는 것이 유일한 방법이다.

우리의 인생은 유한하기 때문에 하고 싶은 일 모두를 매일 다 할 순 없다. 우선순위를 정해야 한다. 내가 매일 아침 글쓰기를 할 수 있었던 이유는 좋아하는 것이기 때문이다. 좋아하는 것은 매일 해도 지겹지 않다. 좋아하지 않아도 매일 하고 싶다면 글쓰기를 양치질로 생각하는 방법도 있다. 양치질은 그렇게까지 재미있는 것도, 좋아하는 것도 아니지만 누구나 매일 한다. 양치질한다 생각하면 또 매일 할 수 있다.

물론 모든 과정이 수월했던 것은 아니다. '매일 쓰는' 문제는 해결했는데, 아무리 써도 20분 안에 세 페이지를 쓸 수 없었다. 한 페이지를 쓰는 데에도 20분이 더 걸렸다. 정해진 시간 안에 세 페이지를 쓰기 위해 작은 노트로 바꿔도 보고, 더 큰 노트에도 써보고, 줄이 없는 노트에도 쓰면서 알아낸 사실은, 무지 노트 한 페이지에 16줄씩 쓰면 20분 안에 세 페이지를 쓸 수 있다는 것이었다. 5년 만에 이 사실을 알았다(지금은 손과 눈의 협응이 조금 더 빨라져 20분 안에 17줄씩 세 페이지를 쓰기도 한다).

줄이 없는 노트를 쓰면 라인이 비뚤어질까 봐 머뭇거리는 사람들도 만난다. '똑바로 써야 해'는 내 안의 바리케이드다. 비뚤게 써도 아무 일도 일어나지 않는다. 줄이 없는 노트를 쓸 땐 그림을 그리거나 숫자를 쓰기도 하며 더 다양한 표현이 등장한다. 내 안의 한계를 걷어낼수록 자유로워진다.

쓰기는 자기를 객관화하는 도구였다. 쓰며 내 안에 있는 두려움, 원망, 미움, 증오, 분노, 경멸, 후회, 자책을 노트로 옮긴다. 쓰는 동안 알게 된다. 어쩜 그렇게 게으르고, 생각이 작고, 남의 것을 자기 것인 양 쏙 채가고, 도와주었는데 모른 척하고, 그때 왜 그렇게 해서 지금 이렇게 만들고! 누군가에게 받은 아픈 상처를 되새기며 '나는 그러니까 절대 안 해야지'라고 마음먹은 나조차도 그 말을 자꾸 잊어버린다는 것을. 이런 일에서 벗어날 수 있는 사람은 하나도 없다. 세상은 서로 줄기가 엉키면서 자라는 스킨답서스와 같다.

새벽에 일어나 노트를 꺼내 만년필 뚜껑을 열고, 깊은 바다색 잉크를 묻혀 글을 써 내려간다. 바다에 몸을 첨벙 집어 던질 때처럼 자유로움을 느낀다. 이제 마음속엔 내가 어떻게 하나 따뜻한 시선으로 지켜보고 응원해주는 내가 있다. 매일 쓰는 행위는 자아 성찰과 정신적 성장을 가져온다. 눈은 마음의 창이라고 했다. 마음이 그대로 드러나는 곳. 맑고 단단한 눈빛은 내면의 수련에서 나온다. 그것이야말로 그 무엇을 주고도 살 수 없다.

있는 힘껏 산다

●

소나무

피톤치드 방출량이 많은 나무다. 피톤치드는 'Phyton(식물)'과 'cide(죽이다)'의 합성어로, 식물이 뿜어내며 주위의 미생물 등을 사멸시키는 물질을 모두 일컫는다. 피톤치드는 타감 물질이기도 해서 솔잎 위엔 잡초가 자라지 않는다. 사람에게 이로운 피톤치드가 미생물과 잡초엔 호락호락하지 않은 것이다.

마음이 헛헛할 때가 있다. 먹어도 먹어도 속이 채워지지 않는 것처럼 무엇을 해도 에너지가 차오르지 않고 영혼이 텅 비어 있는 것같이 느껴진다. 에너지가 바닥을 보일 땐 좋아하는 것들만 모아놓은 리스트를 꺼낸다. 나의 경우엔 사과 한 알 들고 책 읽기, 바나나킥 먹기, '국산' 강냉이 먹기, 소나무 아래 걷기, 음악 듣기 등이 있다. 그중 하나를 골라 그 순간에 집중하면 샘이 고이듯 마음 주머니가 채워진다.

가장 좋아하는 것은 '소나무 아래 걷기'다. 몸을 움직이는 동안 마음 에너지뿐만 아니라 신체 에너지도 채워진다. 집에도, 스튜디오에도 식물이 가득하지만, 마음이 헛헛할 땐 운동화를 챙겨 신고 집 밖으로 나서서 소나무를 향해 달려간다. 공원이나 산에서 만나는 소나무엔 마음껏 자라는 데서 오는 씩씩함이 있다.

어릴 때부터 나는 소나무를 좋아했다. 소나무가 얼마나 좋았던지 애국가도 2절이 마음에 들었다. '남산 위에 저 소나무'하는 구절이 있기 때문이다. 콧노래도 "소나무야~ 소나무야~ 언제나 푸른 네 빛"을 중얼거렸다. 아빠가 산에 가자고 하면 군말 없이 따라나섰던 것도 소나무가 잘 있는지 궁금해서였다. 산에 가면 무의식적으로 숨을 크게 들이마셨다. 소나무 아래에 서서 가슴 가득 솔 향기를 채워 넣었다. 소나무 잎은 늘 푸르렀다. 늠름하게 서 있는 소나무의 듬직한 모습을 보면 나도 그런 사람이 되고 싶었다.

우리 동네에서 소나무를 만날 수 있는 곳은 세 군데다. 한 곳은 뒷산이다. 청계공원 산책 코스를 따라 산을 오른다. 계곡을 덮은 넓은 다리를 지나 통나무 계단을 두 계단씩 성큼성큼 오르거나, 운동선수처럼 배에 힘을 주고 무릎을 가슴팍까지 올려 빠르게 움직이며 간다.

완만한 경사의 산책로를 오르내리며 가끔 그곳에서 잽싸게 수풀로 몸을 던지는 들고양이를 만났고, 비가 많이 온 다음 날엔 우후죽순처럼 자라난 버섯을 보았다. 소나무 군락을 만나면 솔잎 두 장을 떼 반을 접어 입안에 밀어 넣고 어금니로 꼭꼭 씹었다. 산속의 솔잎은 산의 향기를 그대로 담고 있다. 산속 소나무의 향은 진하면서도 수분을 많이 머금어 부드럽다. 위턱과 아래턱을 움직일 때마다 형체가 희미해지고 입안엔 은은한 향만 남는다. 반환점을 돌아 달리면 어느새 기분이 좋아진다.

다른 한 곳은 운중천 산책로다. 이곳에도 소나무 군락

이 있다. 집에서부터 2킬로미터 반환점에 있는 소나무는 열 그루 남짓 모여 있는데, 키가 아파트 3층 높이 정도 된다. 팔을 뻗어 소나무와 하이파이브 하고, 잎 두 장을 빌린다. 솔잎을 입에 넣고 껌처럼 질겅질겅 씹으면 뭔가 통쾌하다. 같은 소나무라도 어디에서 자라는지에 따라 맛이 다르다. 차도 가까운 곳에 있는 소나무의 잎에선 쓴맛이 난다.

에너지를 주는 또 다른 소나무도 있다. 그 소나무는 천변 공터에 홀로 뿌리를 내린 아가였다. 보통 소나무는 여러 그루가 모여 군락을 이루며 함께 자란다. 하필 저런 곳에 자리를 잡았을까 싶을 만큼 주변에 나무 하나 없는 평평한 들판이었다. 아기 소나무는 안쓰럽게 여기는 내 시선에 걱정하지 말라는 듯 들판에 홀로 서서 뜨거운 해와 바람을 오롯이 견디며 보란 듯이 씩씩하게 자랐다. 3년쯤 지나니 키가 나와 비슷해졌다.

어느 날 밤새 비가 퍼부었다. 여름철 내내 내리는 비만큼이 하루에 쏟아졌다. 빗방울이 유리창을 때려 소리가 커질 때마다 그 소나무 생각이 났다. 소나무들에게 무슨 일이 있을까 봐 계속 마음이 쓰였다. 비가 그치자마자 달려 나갔다. 천변 진입로는 출입 금지 비닐로 막혀 있어 비닐을 넘어 산책로로 진입했다. 물줄기가 휩쓸고 간 길을 바라보는 건

내리막길을 내달리다 고꾸라져 아스팔트에 쓸린 무릎을 보는 것 같았다. 서 있어야 할 가로등은 물이 흐르는 방향으로 누워 있었는데 그 숫자가 무려 열 개였고, 비가 오든 눈이 오든 보송보송한 바닥을 만들어주던 빨간 아스콘은 누룽지처럼 돌돌 말려 길을 막았다.

토사가 밀려와 천과 길을 구분할 수 없었다. 건물 입구의 초석과 스테인리스 조형물도 휩쓸려 내려왔다. 아름다운 여름 들꽃이 물길에 다 쓸려나갔다. 그럼에도 불구하고 소나무는 폭우에 끝끝내 버텼다. 비록 옆으로 누워 뿌리가 거의 드러나 있었지만 몇 가닥 뿌리에 의지해 기어이 살아남았다. 끈질긴 생명력에 나도 모르게 두 손을 모아 "감사합니다"라고 말했다.

수마가 휩쓸고 간 산책로와 공원은 금세 복구가 시작되었다. 전문가들이 슈퍼맨처럼 나서서 아스팔트 뗏장을 걷어내고 산처럼 쌓였던 토사를 포크레인으로 다지며 사람들이 지날 수 있게 길을 만들었다. 쓰러진 풀도 모두 베어 밑동이 드러났다. 그러나 쓰러진 소나무는 베지 않았다. 고맙게도 드러난 소나무 뿌리에 흙을 덮어주었다. 길을 따라 거의 누워 있던 소나무는 온 힘을 다해 몸을 일으켜 세우기 시작했다. 소나무는 비가 와도, 바람이 불어도 아랑곳하지 않고 견

더냈다. 소나무는 포기하지 않고, 있는 힘껏 자랐다. 그리고 또 한 해가 지난 지금 소나무는 거의 직립에 가깝게 서 있다.

소나무를 볼 때마다 응원의 눈길을 보낸다. 꼭 내 집에서 함께 살아야 반려 식물일까. 주변 공원이나 산책로의 소나무도, 길가의 풀 한 포기도 마음이 오가고 친해지면 그 또한 반려된다. 공원이나 산책로의 반려 식물은 유지 관리의 부담이 없어 매력적이다. 전문가가 대신 물 주고, 비료 주고, 벌레 잡고, 가지치기하며 다 돌봐주고 나는 예뻐하기만 하면 되니 얼마나 좋은가.

처서가 지나 바람이 선선해지니 작년 이맘때 산에서 본 알밤, 도토리, 갈색 낙엽들이 그립다. 섭씨 15도 정도 시원한 산 향기가 코끝에서 맴돈다. 산속에 내려앉은 가을은 자수정, 루비, 호박, 에메랄드를 덩어리째 뿌린 듯 반짝거렸다. 숨이 막힐 만큼 아름다웠는데, 낙엽은 정말로 식물이 숨을 막아 나타나는 현상이다. 나무는 생존을 위해 추워지는 날씨에 맞춰 잎으로 가는 에너지를 끊어버린다. '떨켜'를 만들어 잎을 떨어뜨린다.

생명이 있는 모든 것은 위기를 견디고, 변화에 적응하며 있는 힘껏 산다.

계속 자라거나 사라지거나

●

자작나무

하얀 수피가 아름다운 자작나무는 껍질이 얇게 벗겨지는 특징이 있다.
예전엔 그 껍질 위에 글을 쓰고 그림도 그렸다. 여러모로 쓸모 있는 나무
이지만, 알레르기 유발 물질을 포함하고 있어 알레르기가 있는 사람이라
면 자작나무를 멀리하는 게 좋다.

종점에 도착하면 버스 안엔 아무도 없었다. 기사 아저씨 눈에 키 작은 내가 안 보이면 버스가 다시 출발할까 싶어 일부러 운전석을 향해 "아저씨, 저 여기서 내려요!" 하고 목에서 낼 수 있는 가장 큰 소리를 냈다. 선글라스 쓴 아저씨가 고개를 까딱하며 뒷문을 열어주시면 계단을 내려왔다. 마지막 계단에선 텔레비전에서 본 기계체조 선수처럼 두 발을 모아 바닥으로 뛰어내렸다. 흔들리지 않고 착지해야 점수가 높았다. 득점! 등에 멘 책가방 때문에 살짝 중심이 흔들렸지만 비틀거리진 않았다.

버스 종점 옆엔 시멘트를 부어 만든 포장도로가 있었다. 그 길을 따라 걷다 골목길에 들어섰다. 골목 안쪽 바닥엔 시멘트 블록이 깔려 있었다. 블록은 수평이 맞지 않아 흔들거렸다. 비 온 다음이라 물이 고여 있었다. 자칫 잘못 디디면 블록 아래 고인 흙탕물이 튀었다. 엄마가 폭폭 삶아준 새하얀 양말에 흙탕물을 묻힐 순 없었다. 블록 끝에 발을 올리고 살며시 눌러본 다음, 물이 튀지 않게 무게 중심을 블록 위 발 쪽으로 옮겼다.

대문 앞에서 초인종을 눌렀다. 검은 종이 그려진 흰색의 네모난 플라스틱 버튼을 누르면 "띠리리리리" 기계음이 울려 퍼졌다. 동생들이 양말 바람으로 뛰어나와 덜컹거리는 철문을 열었다. 대문 너머엔 작은 마당이 보인다. 오른쪽엔 주물 펌프가, 그 옆으론 나지막한 화단이 있었다. 엄마는 그 화단에 노란색 팬지를, 빨간색 샐비어와 봉숭아를, 자주색 맨드라미를, 보라색 과꽃을 심으셨다.

여름이 되면 엄마는 봉숭아 잎과 꽃을 훑어 절구에 넣은 다음 백반을 몇 알 넣고 절굿공이로 콩콩 찧어 으깼다. 짙은 숲 색이 된 봉숭아를 손톱 위에 올리고 비닐봉지로 감싼 다음 굵은 면사로 꽁꽁 싸맸다. 그렇게 하룻밤 자고 일어나면 손톱 위엔 주황색 물이 들었다. 엄마는 그 과정을 두 번 반복했다. 친구들 손톱은 귤색, 내 손톱은 진한 홍시색이었다.

어느 해 여름 엄마는 포도나무를 심었다. 지지대를 세우고, 포도나무 가지가 뻗어나갈 수 있도록 그물망을 쳤다. 엄마 이마엔 땀이 송골송골 맺혔고 곧 앞머리를 따라 줄줄 흘렀다. "와, 우리 엄마 최고다!"라는 소리가 저절로 나왔다. 뭐든지 척척 하는 엄마는 영감의 원천이었다.

회색 벽돌집에선 엄마의 화단이 종종 떠올랐다. 집엔

ㄱ 자 유리창이 있었다. 거실을 가로지를 땐 그 창에 눈길이 닿았다. 아침엔 동쪽으로 뜨는 해가 거실 끝까지 드리웠고, 낮엔 눈이 가늘게 떠질 만큼 햇빛이 가득 들어오는 창이었다. 그 창 앞에 식물을 두면 잘 자랐다. 창 너머론 이웃집 정원이 보였다. 흰색 수피를 가진 자작나무 세 그루였다. 옆집 사는 호정 언니는 틈날 때마다 나무에 물을 주고, 가지를 다듬었다. 맨 오른쪽에 있는 자작나무가 제일 컸다. 왼쪽 두 그루는 그보다는 덜 자랐다.

코너에 서서 늠름하게 쭉 뻗은 자작나무를 보고 있었다. 바람이 불 때마다 한들한들 잎이 흔들렸다. 그때마다 햇빛이 잎에 맞닿으며 반짝거렸다. 지리산 자락에서 서서 보았던, 섬진강 흐르는 강물에 비춰 고요하게 반짝이는 윤슬 같았다. 부서지는 햇빛의 아름다움에 마음을 맡기고 흔들리는 잎을 가만히 바라보면 쓰고 싶은 글이 하나둘 떠올랐다.

역병이 전 세계적으로 유행하며 '사회적 거리 두기'라고 이름 붙인 격리 생활이 시작되었을 때 나는 가슴이 답답할 때마다 ㄱ 자 창 앞에 섰다. 창 너머로 보이는 자작나무 윤슬은 큰 위안을 주었다. 그러다 글이 막히면 옥상에 올라가 풀을 뽑았다. 그러면 또 머릿속에 여러 가지 생각이 흘렀다. 노트와 연필을 곁에 두고 풀 한 포기 뽑은 다음 글감을 한 개 적고, 또 한 뿌리 뽑은 다음 글감을 또 한 개 적으며 글을 모았다.

2021년, 이런저런 이유로 주택에서 아파트로 이사를 결정하고 달라진 공간이 글에 영향을 미치지 않을까 걱정스러웠다. 작가마다 영감을 얻는 방법과 작업하는 스타일은 모두 달라 표준화할 순 없지만, 공간은 삶에 영향을 미치고 글은 삶을 담으니 아무래도 영향이 있을 것 같았다. 그러나 각기 다른 공간에서 이미 세 권을 썼으니 어쩌면 공간에 상관없이 글을 쓸 수 있을지도 모른다. 해보지도 않고 걱정하지 말자 싶었다.

이사한 공간은 아주 편리했다. 지하 주차장도 있고 관리실도 있었다. 절대 면적이 줄어 시간과 에너지를 아낄 수 있었다. 무엇보다 잡초를 뽑지 않아도 되고, 눈 치울 일도 없어 너무 기뻤다. 그러나 모든 일엔 장단점이 있다. 두꺼운 이중창 덕분에 따뜻했지만 창문을 똑똑 두들기며 마음을 열어주는 빗소리도 함께 지워졌다. 잡초를 뽑거나 눈을 치울 일이 없어 좋았지만 감각이 무뎌지는 것 같았다.

책상 앞 의자에 앉아 오른쪽 다리는 바닥을 지지하고 왼쪽 다리를 당겨 올려 원숭이처럼 몸을 웅크린 상태에서만 글이 써졌다. 좋은 글을 쓸 수 있다면 그것쯤은 아무것도 아니라고 생각했다. 그 자세로 두 번의 마감을 하자 오른쪽 어깨부터 등까지 굳어 움직일 때마다 찌릿찌릿한 통증이 생겼다. 병원에 갈 정도로 아픈 것은 아니었는데 어깨에서 뚝뚝 소리가 났다. 요가로 해결이 되지 않아 마사지를 받고 필라테스를 하며 견뎠다. 통증이 완전히 사라질 때까지는 6개월 넘게 걸렸다.

어차피 글을 쓴다는 것은 고유한 일이라 누구도 가르쳐 줄 수 없고, 배울 수도 없다. 박완서 선생님도 글 쓰는 건 도무지 쉬워지지 않는 거라 하셨으니 글쓰기란 원래 그런 건지도 모른다. 나는 이제 한 자세로 계속 앉아 글을 쓰지 않는다. 바닥에 엎드려 폼 롤러에 허벅지를 대고 굴리거나, 빈백에 몸을 기대거나, 책상 위에 앉거나 하며 자세를 계속 바꾸며 쓴다.

그사이 창 너머 자작나무는 한 그루만 남았다. 계속 자라거나 사라지거나. 둘 중 하나다.

만나고 헤어지고

●

떡갈잎고무나무

인테리어 디자이너들이 좋아하는 나무로, 어느 공간에나 멋스럽게 잘 어
울린다. 인간은 본능적으로 유선형의 잎을 좋아하기 때문에 누구나 좋아
하는 나무이기도 하다. 과습일 땐 잎이 검게 변하며 떨어진다.

서울디자인페스티벌에 더리빙팩토리의 전시가 열렸다. 전시를 관통하는 하나의 메시지가 있으면 좋겠다고 생각했다. 아카이브를 뒤적이다 2008년 해비타트의 카탈로그를 만났다. 분홍 포스트잇을 붙여둔 바르셀로나 사진에서 눈길이 멈췄다. 집 안으로 밝고 환한 빛이 스미고, 바닥엔 흰색과 노란색 타일이 모자이크처럼 번갈아가며 깔려 있다. 흰색 원형 테이블을 중심으로 빨간색, 오렌지색, 노란색 플라스틱 의자가 놓여 있다. 벽면엔 오렌지색 스메그 냉장고가 서 있다. 이 사진에서 여행지 뒷골목에서 우연히 만난 상점이 떠올랐다.

오래된 건물 사이 떡갈잎고무나무가 있는 정원을 지나 돌계단을 오르면 몰딩이 아름다운 아이보리색 문이 있었다. 문을 열고 들어가니 벽면, 바닥, 천장에 온통 바닐라 아이스크림을 바른 듯한 공간이 넓게 펼쳐져 있었다. 여행지에서 우연히 만나는 낭만, 이 무드를 담고 싶었다. 마침 나에겐 크고 잘생긴 떡갈잎고무나무도 있었다.

전시를 준비하며 팀 더리빙팩토리는 지금 당장 여행을

떠날 수 있다면 어디가 좋을까 서로에게 묻기 시작했다. 다른 이들의 이야기도 궁금했다. 벽면에 메모판을 설치하고, 여행 가방에 붙이는 러기지 택을 준비했다. 원하는 여행지를 적고 러기지 택 철사를 돌돌 마는 참여 전시였다.

서울디자인페스티벌에선 관람객들이 전시를 함께 즐겨주었다. 그러나 안타깝게도 이 전시에서 나는 사랑하는 떡갈잎고무나무를 잃었다. 오랫동안 마음을 주며 키운 나무였다. 철수하는 날 꽁꽁 싸서 옮겼으나 영하 15도의 온도를 이기지 못했다. 나는 이 아이를 보내며 헤어짐 역시 삶의 과정이라는 걸 받아들였다.

브랜드를 운영한다는 것 역시 만나고 헤어지는 과정이었다. 2004년 5월쯤 다니던 회사를 그만두었다. 시간이 있으니 남편 출장에 따라갔다. 홍콩, 대만, 심천, 도쿄, 상하이, 싱가포르 등이었다. 남편이 일하는 동안 지역의 예쁜 상점들을 돌아다니며 쓸 만한 살림살이를 찾아 나섰다. 벼룩시장도 있었고 이케아나 프랑프랑도 있었다. 그곳에서 구입한 제품들을 싸이월드 미니홈피에 하나둘 기록했다.

친구들이 한참 결혼할 즈음이었다. 예쁘고 실용적인 걸 혼자만 쓰지 말고 몇 개 더 구해 판매해달라고 했다. 디지털카메라를 구입해 하얀 테이블 위에 놓고 사진을 찍어 옥선에 올렸다. 이런 걸 누가 구입할까 싶었다. 그런데 택배가 한 개, 두 개, 일곱 개, 스무 개 점점 늘어났다. 친구들은 수수료가 아깝다며 쇼핑몰을 만들라고 했다.

이름은 '생활공장'으로 했다(셋째 동생이 제안한 이름이다). 생활Living에 필요한 모든 것을 만드는 곳이라는 의미로, 앤디 워홀의 작업실 'Factory'를 차용했다. 그리고 '바로 그'라는 뜻의 'The'를 붙여 '더리빙팩토리'가 되었다. 2004년 6월이었다. 한 번도 본 적 없는 사람들이 뭔가 구입해주는 것이 너무 고마워 손 편지를 쓰기 시작했다. '더리빙팩토리 제품이 오래오래 사용하는 기분 좋은 제품이 되길 바랍니다'라고. 모아두었던 포장지를 꺼내 백화점 선물 코너처럼 각을 세워 포장한 다음 매끈매끈한 공단 리본을 묶고, 직접 구운 생강쿠키를 동봉했다.

준비한 제품의 재고가 금세 떨어졌다. 상품을 개발하기 위해 남대문, 동대문 같은 도매 시장도 돌아보고 방산시장 을지로도 들렀다. 어느 날 을지로 비닐 포장재 거리를 지나는데 아이보리색 바탕에 빨간 딸기가 그려진 테이프가 눈에 들어왔다. 종이테이프라 했다. 다른 제품이 뭐가 있는지 물었더니 무늬가 다양하다며 창고에서 꺼내 보여주었다. 하늘색 바탕에 하얀 구름이 그려진 테이프가 보였다. 딸기와 구름. 이 테이프는 불티나게 팔렸다.

엄마의 찬장에 있던 알록달록한 멜라민 스푼에서 영감을 받아 공장을 수배해 테이블웨어 라인업을 만들었다. 우리 제품이 실제로 사용된 공간을 만들어보자 싶어 2008년 4월엔 가로수길에 카페를 만들었다. 더리빙팩토리의 두 번째 브랜드이며 2층이라 '세컨드팩토리'라고 이름 붙이고, 2009년 12월까지 영업했다.

처음부터 사업을 계획한 건 아니었다. 석사를 마친 후 교수님은 박사 진학을 권유하셨고, 나는 회사를 더 다녀야 할지 박사 과정을 밟아야 할지 고심하고 있었다. 집을 사며 받은 대출이 있었고, 일단 갚아야 마음이 편할 것 같았다. 그때 세이노 선생의 글을 만났다. 세이노 선생은 돈을 벌기 위해선 사업을 해야 한다고 했다. 그럼 무슨 사업을 해야 하나 싶었는데 일이 그렇게 되었다.

지나고 보니 브랜드도 인생과 똑같다는 생각이 든다. 산 정상에 이를 때도, 바닥으로 고꾸라질 때도 있다. 그러니까 지금 잘된다고 기고만장할 것도, 안된다고 너무 기죽을 것도 없다. 끝날 때까지 끝난 게 아니다.

많은 분의 도움으로 브랜드를 이어온 지 20년이나 됐다. 20년 동안 운영해왔어도 고만고만해 부끄럽기도 하다.

그래도 나는 '오래오래 사용하는 기분 좋은 제품'이라는 말을 지켜왔다. 마음에 드는 걸 찾는 시간과 에너지를 줄인다. 하나의 제품을 20년 쓸 수 있다면 지구에게도 덜 미안하다. 20년 전에도, 지금도 그 생각은 같다.

2006년 〈여성조선〉 인터뷰에선 서른두 살의 내가 20년 후엔 이케아 같은 회사를 만들고 싶다며 호기롭게 말했다. 지금의 나는 생각이 달라졌다. 이케아 같은 회사를 만들긴 어려워도 100년 이어가는 건 도전해볼 수 있지 않을까. 해비타트를 만든 콘란 경은 2019년 〈조선일보〉 인터뷰에서 화려하고 쓸모 있어 보여도 지나치게 비싸면 그것 역시 좋은 디자인이 아니라고 했다. 꾸밈없이 소박하고Plain, 단순하며Simple, 실용적인Useful! 그것이 좋은 디자인의 3대 조건이라고 말했다. '좋은 디자인' 대신 '좋은 삶'의 3대 조건이라 해도 손색없다.

떡갈잎고무나무를 또 데려왔다. 크고 멋지게 다시 한번 키워볼 것이다.

4장

우리는
함께
자란다

너를 위해 산다

●

싱고니움

흰색, 초록색, 연두색, 다양한 색을 갖고 있어 실내에 두고 아름답게 연출할 수 있다. 특히 폼알데하이드와 암모니아를 잘 제거하는 식물로, 화장실이나 현관에 두면 좋다. 참고로, 공기정화식물과 공기정화식물이 아닌 식물 사이의 공기정화 능력은 60배 차이가 난다.

아들이 코로나 확진으로 일주일 동안 자가 격리를 했다. 아무 증상 없이 지나가는 사람도 있다지만 아들은 끙끙 앓았다. 밥도 잘 먹지 못하고 거의 침대에 누워 시간을 보냈다. 아픈 동안 떨어진 체력을 보충해주기 위해 집밥을 해 먹였지만, 아들은 영 기운을 차리지 못했다. 교복을 입고 학교에 갈 준비를 하는 모습이 꼭 숨 죽은 배추 같았다. 뭘 해줘야 기운을 차리나. 이럴 땐 소울푸드가 필요하다.

지난 저녁 식사 때 먹고 남은 두부를 냉동실에 얼려둔게 있어 호박과 감자, 풋고추를 넣고 된장찌개를 끓였다. 아들은 찌개를 한술 뜨더니 두부의 식감이 쫄깃하다며 무슨 두부냐고 물었다. 두부를 얼린 다음 요리에 쓰면 수분이 빠져나가 조직이 단단해지고 양념이 더 잘 배어든다고 말해주었다. 고개를 끄덕이며 듣던 아들은 얼린 두부로 마파두부를 할 수 있느냐고 물었다.

마파두부는 아들이 언제나 좋아하는 음식이다. 한입이라도 먹여 보내려고 아침부터 프라이팬에 마늘 편을 넣고 볶았다. 마늘 향이 우러난 기름에 돼지고기 간 것을 넣어 볶고, 냉동했던 두부를 주사위 모양으로 썰어 넣고, 목이버섯을 더해 두반장에 볶았다. 아들은 맛있는 냄새가 난다면서도 입맛이 없다며 한술도 뜨지 않고 현관문을 나섰다. 내 맘도 모르고.

허탈한 마음으로 음식 냄새 나는 몸을 씻으러 욕실에 가니 세면대 근처 식물들이 말을 건다. 호리병 닮은 우윳빛 유리병엔 마지나타가, 흰색 조약돌을 넣어둔 유리컵엔 스킨답서스가 자라고 있다. 스킨답서스는 몇 년째 잎 두 장에서 네 장 사이를 오가는데 유난히 마음이 가 세면대 근처에 두고 매일매일 바라보는 애착 식물이다.

오늘은 그중 한 잎이 보들보들한 연둣빛인 걸 발견했다. 새잎이다. 한 장, 두 장, 세 장, 네 장, 다섯 장. 한 장 더 자란 것이 틀림없다. 스킨답서스가 "나 잘하지!" 뽐내는 것 같다. 슈퍼맨 망토를 두르고 허리춤에 양손을 올리고 배를 내밀며 "엄마, 나 잘하지"라고 말하던 아가 때의 아들이 겹쳐 보인다. 겨우 잎 다섯 장짜리 스킨답서스인데, 이렇게 기특한 녀석을 보았냐고 동네방네 자랑하고 싶다. 시들하던 생명이 살아나는 모습은 큰 감동을 준다.

법정 스님의 책 《오두막 편지》에서 발견한 이야기가 있다. 《오두막 편지》는 법정 스님이 투병 중 쓰신 책으로, 한 장 한 장 읽다 보면 먼지 묻었던 마음이 뽀득뽀득 깨끗해진다. '겨울 채비를 하며'라는 꼭지가 있다. 법정 스님은 절 마당에서 굴러다니는 식물을 보았다. 잎이 겨우 두 장 달린, 누군가 포기하고 버린 듯한 식물이었다. 스님은 생명을 품은 식물을 그냥 지나치지 못하고 거두어 찻잎 우린 물을 주며 정성껏 돌봤다. 두 장 중 한 장의 잎마저 떨어지고 아슬아슬하게 한 장 남은 잎으로 견디던 식물은 스님의 사랑에 힘입어 잎이 서른 장이 될 만큼 자랐다. 스님의 사랑으로 꺼져가는 생명이 살아난 것이다. 그 식물이 싱고니움이다.

얼마 전 데려온 식물 중에도 싱고니움이 있다. 잎맥을 기준으로 반은 흰색, 반은 초록색이었다. 마치 자를 대고 그은 듯 잎의 색이 선명하게 반으로 나뉘어 있었다. 그 모습이 신기해 싱고니움 화분 한 개를 구입했다. 무늬가 특이하다고 값을 더 치렀다.

잎이 흰 이유는 엽록소가 없기 때문이다. 엽록소는 광합성을 담당하는 색소로 햇빛을 이용해 이산화탄소와 물을 산소와 탄수화물로 바꾼다. 이 싱고니움처럼 흰색 부분이 많아진 식물은 보기엔 아름답지만 엽록소가 적어 광합성이 부족하다. 빛이 충분한 곳에선 흰색 무늬를 유지하지만 광합성량이 부족하면 흰색 부분이 사라지고 초록색이 늘어난다.

무늬가 남달라 비싸게 데려온 싱고니움인데, 새로 나는 잎은 모두 초록색이었다. 특별함이 사라지고 평범한 싱고니움이 되고 있지만 오히려 자기 본연의 모습을 찾아가는 게 기특했다.

그즈음 동네 뒷산도 가을로 물들기 시작했다. 뒷산 산책로의 단풍은 참 아름다운데, 올핸 진입이 어려웠다. 지난여름 폭우로 산책로가 유실되며 길이 사람 키만큼 패여 폐쇄되었기 때문이다. 산책로를 이용하지 못하게 되자 그동안 얼마나 편하게 큰 즐거움을 누렸는지 알게 되었다. 언제나 오를 수 있을 땐 그게 얼마나 소중한지 알지 못한다. 산책로 초입에 섰을 때 온몸을 감싸던 피톤치드 향, 노란 은행잎, 빨간 단풍잎, 소나무 아래 두껍게 쌓인 솔가리 향이 눈앞에서, 코끝에서 아른거린다.

산책로는 늘 그곳에 단정하게 있었다. 누군가 낙엽을 쓸어 길이 깨끗했고, 부러진 난간은 어느새 보수가 되어 있었다. 산책로로 넘어온 가지에도 누군가의 손이 닿았고, 흙길에도 발이 미끄러지지 않도록 바닥에 코코넛 매트가 깔려 있었다.

당연한 건 없다. 아들이 어서 기운 차리기를 바라며 마늘 향 우려 고기를 볶는 마음, 잎 두 장 딸린 스킨답서스를

키우는 마음, 버려진 싱고니움을 데려다 삼십여 장의 잎이
달린 식물로 키워내는 마음, 산책로를 돌보는 마음. 누군가
가 누군가를 위해 마음을 쓴 덕에 지금의 우리가 있다.

무조건 믿어주는 마음

●

감나무

감의 떫은맛을 빼려면 알코올 탈삽법, 온탕법, 가스 탈삽법이 있다. 감에
35퍼센트 알코올을 뿌린 다음 비닐 주머니에서 5~10일간 밀폐하는 것을
알코올 탈삽법, 감을 45도 온탕에 스무 시간 정도 담그는 것을 온탕법,
감을 드라이아이스에 6~7일 노출하는 것을 가스 탈삽법이라고 한다.

중간고사, 기말시험이 끝나면 용돈을 모은 쌈짓돈을 들고 명동에 있는 중국 대사관 근처 서점을 찾았다. 일본 잡지 〈논노〉 최신 호를 사와 방바닥에 배를 대고 엎드려서 한 장 한 장 넘겼다. 얇은 종이는 오랫동안 떡메로 두들긴 찹쌀떡처럼 쫀득쫀득했다. 책장을 넘길 때마다 촤르륵. 촤촤. 소리가 들렸다. 한쪽엔 잡지를, 한쪽엔 일한사전을 두고 단어를 찾아가며 읽었다. 그러다 고개를 들어 창문을 보면 어느새 하늘이 어두컴컴했다.

어른이 되어서는 잡지를 정기구독한다. 매월 말 도착하는 잡지는 벌써 한 달이 지났구나, 하는 놀라움과 함께 날짜 가는 것도 모를 만큼 밀도 있는 한 달을 보냈구나, 하는 안도감을 준다. 새 잡지가 도착하면 방바닥에 배를 대고 엎드려 빳빳한 잡지의 종이 냄새를 맡으며 한 장 한 장 넘겼다. 시원한 사진과 촘촘한 텍스트를 꼭꼭 씹어 삼키다 보면 알레그로로 훌훌 넘어가던 페이지가 안단테로 늦어질 때가 있다. 까만 연탄 위에 놓인 명품 핸드백, 검은 천막 천 위에 말리는 빨간 고추 사이에 꽃이 가득한 검정 고무신, 하이힐에 버선을 신고 드레스에 족두리를 쓴 모델에 눈길이 머문다. 그 화보 옆엔 늘 '스타일리스트 서영희'라는 이름이 있었다.

얼마 전 갤러리 '클립' 정성갑 대표의 인스타그램에서 운경고택에서 열리는 서영희 선생 강연회에 대한 안내를 보았다. '운경고택'과 '서영희' 선생이라니. 나는 망설임 없이 곧바로 예약하고, 캘린더를 몇 번이나 확인하며 강연회를 기다렸다.

운경고택은 조선 14대 왕 선조의 후손이자 제12대 국회의장을 지낸 운경雲耕 이재형 선생이 1992년 작고할 때까지 살던 곳으로, 340평이나 되는 너른 터에 자리한 전통 한옥이다. 도심 한복판에 이런 고택이 있다는 것도 놀랍지만 시간이 축적된 기품 있는 모습이 더욱 놀라운 공간이다. 서영희 선생은 1961년생으로 우리나라의 첫 패션 스타일리스트다. 2001년 9월부터 지금까지 〈보그〉의 전속 크리에이터로 우리나라 문화를 예술의 영역으로 확장한 오리엔탈리즘의 대가로 불린다.

2020년은 모두가 처음 겪어보는 역병이 시작된 해였다. 사회적 거리 두기로 우울하던 그해 가을, 전 세계 26개국의 보그는 '희망'이라는 주제로 캠페인을 시작했다. 보그 코리아에서는 '희망'을 나타내는 존재로 100세 전후의 할머니를 택한다. 순창, 구례, 곡성, 담양의 할머니 여덟 분을 모시고 화보를 찍었다. 화보 속 할머니는 화관을 쓰고, 고운 한복을 입고, 백합처럼 웃으며 꽃다발을 한 아름 안고 계신다. 할머니는 대한민국의 근현대사를 관통하며 식민지도, 전쟁도 겪었다. 풀 한 포기 없는 민둥산, 먹을 게 없어 굶던 시기도 다 이겨내며 살아오셨다. 어떻게든 적응하며 삶을 꾸려온 할머니의 함빡 웃는 얼굴은 코로나 이건 아무것도 아니라고, 다 지나간다고 말씀하시는 것 같았다. 화보를 보는데 코가 찡하며 눈물이 났다. 곧 눈물이 눈 밖으로 줄줄 흘러내렸고, 훌쩍이며 주먹으로 눈물을 훔쳤다. 이 화보 크레딧에도 '서영희'가 쓰여 있었다.

강연회는 갤러리 클립의 정성갑 대표가 진행했다. 서영희 선생은 정성갑 대표가 아무것도 준비하지 말라 해서 오히려 긴장되었다며 이야기를 꺼냈다. 영감의 원천을 묻는 진행자의 질문에 선생은 '어머니'를 떠올렸다. 선생의 어머니는 깨끗한 모시 한복에 양산을 쓰시던 미감 있는 분이셨다고.

초겨울 학교에 갔다 돌아오면 마당에 김장 배추가 가득 쌓여 있었는데, 연둣빛 배추 위에 빨간 감나무 잎이 내려앉은 모습. 그런 기억들이 문득문득 떠오른다고 했다. 선생은 운경고택에서 벌써 손바닥만 한 빨간 감나무 잎 다섯 장을 건져 올렸다. 감잎을 차곡차곡 가지런히 모으며 이야기를 이어 나간다. 또 다른 영감의 원천으로는 현대미술을 꼽았다. 소변기를 예술이라 말하는 마르셀 뒤샹이나 왁스를 벽에 대포로 쏘는 애니시 카푸어 같은 영국의 조각가를 보면서 이런 것도 예술이라고 할 수 있구나, 배짱을 배운다고 했다.

계속 일해나갈 수 있는 원동력으론 저녁 시간을 들었다. 매일 저녁 9시 반부터 12시까지의 시간 동안 책도 보고, 자료를 찾으며 시간을 보낸다고. 나의 자존감이 나의 존재를 만든다고 했다. 가장 중요한 건 실력이고, 실력을 갖춘 다음엔 내가 나를 믿는 것이 중요한데, '내'가 정신적으로 풍요롭기 위해선 매일 자료를 찾고 책을 읽는 시간이 꼭 필요하다고 말했다.

강연회가 끝나고 선생과 이야기를 한마디라도 더 나눌까 싶어 곁에 서 있었다. 선생과 눈이 마주쳤을 때 내 입에선 "선생님, 한 번 안아주세요"라는 말이 튀어나왔다. 선생은 "어이구, 그래그래"라고 말씀하시며 나를 꼭 안아주셨다. 선생님의 품 안에서 "저도 더 열심히 할게요"라는 말이 흘러나왔다. 그렇게 약속하고 말았다.

얼마 후 선생은 서울식물원 전시에 가보자며 데이트를

청하셨다. 선생은 그 일이 오래 기억에 남으셨다고 했다. 선생님은 저를 처음 보시지만 저는 선생님을 20년 가까이 꼭 한 번 뵈었으면 좋겠다고 생각했어요. 할머니 화보를 정말 울면서 봤어. 그랬어? 그 화보를 아주 뜨거운 7월에 찍으셨더라고요. 그랬지, 더웠지. 그래도 재미있었어. 아무도 안 해본 새로운 일을 하시는데, 다른 사람들을 어떻게 설득하셨나 궁금했어요. 내 작업을 무조건 믿어줬어. 무조건 좋다고 해주셨어.

비밀을 알게 된 것 같았다. 내가 나를 믿고, 나를 무조건 믿어주는 사람이 있을 때 나래를 펼 수 있다. 그때 마음먹었다. 나도 무조건 믿어주는 사람이 되어야겠다고. 창조성 워크숍 참가자 A에게 믿어줄 사람이 떠오르지 않을 땐 '정재경'을 적으라고 했다. A에게도 그 말이 마음에 와닿았는지 그가 가르치는 학생들에게도 믿어줄 사람이 떠오르지 않을 땐 자신을 떠올리라고 말해주었다고 한다. 학생은 기말고사에 훌륭한 연주를 해서 A를 깜짝 놀라게 했다. 그리고 학생들은 감사하다며 꽃다발도 준비해 큰 감동을 주었다고.

무조건적인 믿음은 햇빛이다. 그 따뜻한 시선이 양분이 되어 쑥쑥 자랄 수 있다.

해치지 말자

●

라벤더

우리나라에 유통되는 라벤더는 크게 프렌치라벤더와 잉글리시라벤더로
나뉜다. 프렌치라벤더의 꽃은 꼭 보라색 토끼같이 귀엽다. 넓은 면적에
라벤더를 심으면 꽃을 피울 때 보라색 파도가 너울거리는 장관을 볼 수
있다.

마당에 자작나무 잎사귀가 점점 풍성해지고 있었다. 새하얀 자작나무 수피 사이로 라벤더, 체리세이지, 애니시다 꽃이 보인다. 보라 꽃, 진분홍 꽃, 노란 꽃이 만든 향기가 사탕 가게처럼 알록달록해 흥분되었다. 물을 줄 때마다 오늘은 무슨 맛 사탕을 먹을까 설레듯 어떤 향기부터 마실까 고민했다. 라벤더 잎사귀를 한 번 쓸고 향기 한 번 맡고, 라벤더 꽃에 코를 대고 향기 한 번 들이마시고, 체리세이지와 애니시다 향기로 가슴을 채웠다. 몸이 싱싱한 향기 구름에 떠 있는 듯했다.

향기에 취해 있는데 윙 소리가 들린다. 고개를 돌린 곳엔 꿀벌 한 마리가 땅으로 꽃으로 왔다 갔다 하며 바닥에 물과 향기를 마시고 있었다. 벌을 보고 피하지 않았다. 벌을 공격의 대상이 아니라 자연 속에서 함께 소통하는 생명으로 느꼈다. 우리 집에 온 손님처럼 반가웠다.

작년부터 꿀벌이 사라진다는 뉴스가 자주 나오고 있다. 기후 변화가 꿀벌을 헷갈리게 한 것이다. 겨울이 따뜻하니 여왕벌은 봄인 줄 알고 알을 낳고, 꿀벌은 애벌레를 키울 꿀을 채집하러 벌통을 나가 비행을 시작한다. 그런데 겨울의 해가 짧아 미처 귀가하기 전에 기온이 떨어져 꿀벌은 살던 곳으로 돌아오지 못하고 객지에서 동사하고 만다.

실제로 꿀벌이 줄어들자 지난봄엔 거리의 나무와 풀들이 다른 봄보다 더욱 화려하고 커다랗고 향이 진한 꽃을 피웠다. 벌이 오지 않으니 종족 보존의 본능은 더 크고 예쁜 꽃을 피워 벌을 유혹하는 것이다. 그러나 벌은 오지 않고, 수분을 하지 못한다. 안타깝다.

우리 집에 온 꿀벌도 혼자 왔다. 그다음 날도 오후 2시쯤 꿀벌이 찾아왔다. "꿀벌아, 친구들도 목마를 테니 함께 와서 물이랑 꿀이랑 먹고 가." 돌돌 말린 주둥이를 펼쳐 물을 마시는 꿀벌에게 말했다. 온몸으로 우유병을 빠는 아가처럼 궁둥이를 실룩샐룩하며 마신다. 어느 날은 꿀벌이 두 마리, 또 어느 날은 세 마리, 그렇게 점점 찾아오는 꿀벌 수가 늘어났다.

남편과 산책을 다녀오는 길, 벌 한 마리가 윙 지나가는 걸 보았다. 꿀벌은 아니었다. 이동하는 모습과 속도가 세 배쯤 빨랐다. 혹시 저 벌을 우리 집 어딘가에서 본 적 있느냐 물었더니 남편은 보지 못했다고 했다. 그런데 우리 집 발코니에서 벌이 몇 마리 날아다니는 걸 보았다. 산책하다 만난

벌과 움직임이 같았다. 난간에 앉아 있는 모습을 보니 꿀벌과는 달리 올라간 눈꼬리가 더 새까맣고 꼬리가 뾰족한 것이 매서웠다. 백과사전을 찾아보니 호랑벌과 땅벌 사이쯤으로 보였다.

녀석들이 계속 바쁘게 오가는 걸 보니 혹시 싶었다. 녀석들은 발코니 난간 사이에 집을 짓고 있었다. 벌써 귤만 한 크기였다. 난감했다. 119에 부탁할까 하다 이 작은 벌집 제거에 고급 인력을 동원하는 건 낭비다 싶어 솔이 긴 청소용 막대를 찾아왔다. 방충망을 조금 열고 막대기를 잘 가눈 다음 내리치니 힘없이 톡 떨어졌다. 벌집에서 벌이 비누 거품처럼 보글보글 흘러 나왔다. 이제 됐다. 공격을 당해 집이 바닥에 떨어졌으니 더 이상 찾아오지 않을 것이다. 보금자리는 안전한 곳에 만드니 다른 곳으로 떠날 것이다. 그런데 며칠 후 발코니를 보았다가 입을 틀어막았다. 떨어진 벌집 안엔 여전히 생명체가 꿈틀거렸고 벌이 날아다녔다.

이 집은 곧 다른 가족이 들어와 살기로 계약이 되어 있었다. 어린아이가 있는 집이었다. 에프킬라를 찾아 손이 들어갈 만큼만 창을 열고 방충망 너머로 약을 뿌렸다. 벌들이 나를 공격할까 싶어 소방차 호스에서 물이 뿜어져 나오듯 약을 흠뻑 뿌려댔다. 하얀 연기가 벌집에 닿자 재빨리 몸을 피해 날아가는 녀석들도 있었다. 그렇지 못한 애벌레와 덜 자란 벌들은 꾸물꾸물 기어 나왔다. 상당수가 몸을 이리저리 비틀다 움직임이 멈췄다. 갑자기 많은 생명이 눈앞에서 꺼져가니 마음이 좋지 않았다. 내가 뭐라고, 살아 있는 생명을 저렇게 많이 죽이나. 가슴이 두근거리고 심장이 찢어지는 것 같았다. 꽁지에 불이 붙은 강아지처럼 이리저리 오가며 평정심을 잃었다.

벌집을 눈에 띄지 않는 곳으로 치우고 싶었다. 벌집이 벽에 부딪혔고 막대 끝에 눌렸다. 벌집에선 꿀이 나왔다. 귤만 한 벌집에서 귤보다 더 많은 꿀이 흘러내렸다. 벌에겐 식량을 저장하고 몸을 피하는 소중한 보금자리였다. 얼마나 미안한지…. 벌도, 식물도, 사람도 다 생명이다. 식물과 함께 살며 개미도, 벌도, 깍지벌레도 모두 소중한 생명이라고 느낀다. 아무리 작은 생명이라도 존재하는 이유가 있다.

누군가를 해치는 일은 곧 나에게 독이 되어 돌아온다. 화가 나거나 분노가 들끓는 상황에서는 교감 신경이 움직인다. 부신을 자극해 아드레날린, 노르 아드레날린, 코르티솔로 몸을 가득 채운다. 가슴이 쿵쾅거리고, 머리가 뜨거워지고, 호흡이 고르지 않은 발작 상태와 같다.

다른 사람을 해치는 일은 나에게 득이 될 게 없다. 날 선

말도 마찬가지다. 어떤 사람들은 못되게 굴고, 나쁜 일을 하고서도 잘만 산다고 생각할 수 있지만, 그렇지 않다. 나쁜 일의 화살은 결국 나를 향한다.

방송에 매일 술을 먹고 게임을 하며 엄마의 애를 태우는 스물다섯 살짜리 아들이 나왔다. 개그맨 신동엽은 그에게 이런 말을 한다. 형이 귀가 들리지 않는데, 원래 그랬던 것은 아니고 태어난 다음 앓은 질병 때문이었다고. 엄마는 그 일을 당신 잘못이라 자책하다가 50대에 화병으로 돌아가셨다고 한다. 아들에게 지금 엄마의 수명을 깎는 중이라고, 알겠냐고 물었다.

분노, 미움, 원망, 증오, 자책, 후회, 분노 같은 부정적 감정은 나에게 쏘는 화살이다. 맞은 놈은 잘 자도 때린 놈은 잠을 설친다고, 벌들의 꿈틀거리는 모습이 상흔이 되어 내 마음을 찌른다. 두근거리는 가슴이 진정되지 않아 마당으로 나가 라벤더에 코를 묻고 향기를 마시며 가슴을 달랬다. 차츰 숨소리가 일정해지며 마음이 진정되었다.

우연한 호의

●

플라타너스

버즘나무속 양버즘나무를 '플라타너스'라 부른다. '버즘나무'라는 이름은 나무의 표피가 얼룩덜룩해 마치 피부에 핀 버짐과 같아 붙여진 이름이다. 이식이 잘되고 대기오염에 강해 가로수로 많이 심으며, 추위에 강하고 척박한 곳에서도 잘 자란다.

"재경아, 목욕탕 가자."

어릴 적 엄마는 스테인리스 세숫대야에 이태리타월과 수건, 비누를 챙기며 말씀하셨다. 딸 넷에 엄마까지 여자만 다섯의 대이동이었다. 욕탕에 들어가면 엄마는 먼저 연두색 바탕에 까만 줄이 있는 까슬까슬한 타월에 비누를 묻혀 플라스틱 의자를 닦았다. 손잡이가 긴 하늘색 플라스틱 바가지로 탕 물을 퍼 끼얹은 다음, 의자 위에 둘째, 셋째, 넷째를 나란히 앉혔다.

엄마는 의자를 닦을 때와 똑같이 이태리타월에 비누를 묻혀 동생들 몸에 비누칠을 하고 바가지로 물을 끼얹었다. 그러고는 탕에 들어가라고 등을 떠미셨다. 물이 너무 뜨거워 발끝을 담근 채 들어가지 못하고 엉거주춤 서 있으면 "빨리 들어가!" 하는 엄마 목소리가 들렸다. 눈을 꼭 감고 발목까지, 무릎까지, 허벅지까지, 배까지 차츰차츰 들어가다 보면 참을 만했다.

피부가 발갛게 달아오르면 엄마는 한 명씩 불렀다. 그리고 비눗기 없는 이태리타월로 피부가 빨갛게 될 때까지

문질렀다. 우리 중 누군가 "아프단 말이야!" 칭얼거리거나 우는소리를 내면 다음 차례가 되었다. 목욕탕에서 나올 땐 다섯 얼굴이 모두 발그스름했다. 더운 얼굴에 차가운 바람이 부딪힐 때 추우면서도 시원했던 초겨울의 공기. 플라타너스 잎이 떨어질 때 즈음이면 목욕탕 생각이 난다.

지금 내가 살고 있는 동네엔 목욕탕이 없어 차를 타고 이웃 동네로 가야 한다. 건물 9층에 있는 사우나는 신도시 초기에 만들어져 적당히 예스럽다. 1990년대의 추억이 느껴지면서도 시설물을 계속 보수해 현재의 트렌드가 반영되어 있다. 2019년 기준으로 1인당 목욕비는 8천 원이었고, 2023년은 1만 2천 원이다.

카운터에서 키와 수건을 받고 신발장에 신발을 넣는다. 잠금장치는 열쇠 구멍에 꽂아 돌리는 아날로그 방식이다. 문짝이 '탁' 하고 닫힐 때 소리가 인간적이다. 탈의실 입구를 지나면 타임머신을 타고 삼십몇 년 전으로 돌아간 듯하다. 탈의실 안 매점 가판대엔 삶은 달걀과 단지 우유, 비누가 진열되어 있고, 그 옆 행거엔 진한 분홍색에 노란 꽃무늬 그림이 그려진 홈드레스, 카키색 보온 조끼, 양털같이 굽슬굽슬한 조끼 등 옷가지가 걸려 있다. 행거 아래 바닥엔 보송보송해 보이는 흰색 털 실내화들이 나란히 놓여 있는데, 실내화

위 빙그레 웃는 초록색 스마일 로고를 따라 내 입 모양도 U 자가 된다.

그날은 토요일 저녁 7시였다. 목욕탕 내부에 사람이 많지 않았다. 식사 때가 되어 그런 건지, 가격이 올랐기 때문인지 모르겠다. 가방을 올려놓을 수 있는 공간이 있는 자리를 찾아 앉으려는데, "아아, 거기 자리 있어요" 하는 목소리가 들린다. "아, 네" 대답하고 옆자리로 옮겼다.

세숫대야와 바가지, 의자를 챙기고 어린 시절의 엄마처럼 나도 타월에 비누를 묻혀 닦기 시작했다. 갑자기 옆자리에서 차가운 물줄기가 날아온다. 속으로 '앗 차가워' 했지만, 괜찮다고 말했다. 그가 "아유, 죄송합니다"라고 거듭 말한다. 나는 웃으며 정말 괜찮다고 말했다. 목욕탕에선 수압이 강해 압력을 못 이긴 샤워기가 제멋대로 춤출 때가 있다.

몸을 비누로 씻은 다음 탕에 들어갔다. 엄마와 동생들과 목욕탕에 갈 땐 뜨거운 물에 질색했지만, 지금은 열탕에 몸을 담그면 뼛속까지 따뜻해지는 것 같다. 쑥탕에서 올라오는 향기를 맡으며 몸을 담갔다 차가운 물에 담그길 되풀이한다. 혈액 순환이 빨라지며 뇌 구석구석까지 혈액이 흐르는지 무의식 저 아래 숨어 있는 이야기들이 보글보글 올라왔다.

옆자리 그는 친구와 같이 왔다. 뽀얗고 풍만한 몸이 닮았다. 이태리타월로 서로의 등을 밀어준다. 그의 때수건은 연두색, 친구의 때수건은 노란색이다. 목부터 옆구리, 엉덩이 윗부분까지 때수건으로 박박 밀고 샤워기 물줄기로 씻어내린다.

나는 다시 욕탕에서 자리로 와 앉았다. 불린 각질을 벗겨낼 차례다. 때수건에 비누를 묻혀 몸 구석구석을 닦는다. 손잡이가 긴 분홍색 플라스틱 등밀이에 때수건을 끼워 등위에 올리고 힘을 줘 누르며 등을 닦는데 수고에 비해 영 시원치 않았다. 그때 옆자리 그가 묻는다.

"제가 등을 밀어드릴까요?"

"어머, 너무 감사합니다."

나는 그 말이 너무 반가웠다. 고마운 마음으로 대답하며 그쪽으로 등을 돌렸다. "뭐로 닦아드릴까요?"라고 묻는 그에게 비누 묻은 세신 장갑을 내밀었다. 그가 내 등 뒤에 서더니 내 세신 장갑을 보며 비누 묻은 장갑으로 닦아도 되냐고 물었다. 일반적인 때수건은 까슬까슬한 형광색 천에 검은 줄무늬가 몇 줄 있고, 불린 각질을 밀면 회색빛 실물이 눈으로 보인다. 그런데 내 때수건은 흰색 장갑으로 몸에서 벗겨진 실물이 가루 형태로 드러난다. 조금 낯설지만 개운

함은 같다.

"이런 때수건은 처음 봤어요."

"아, 사람들이 때수건 계의 에르메스라고 말해서 사봤어요. 정준산업이라는 곳에서 만들어요."

그녀는 이런 건 처음 본다며 회사 이름을 다시 물었다. 비누가 잔뜩 묻은 장갑으로 등을 닦아주며 그녀는 이렇게 해도 잘 닦일지 궁금해한다. 시원시원한 그녀의 손길이 내 등을 지난다. 처음 보는 사람의 손이 내 몸을 지나는데 이상하리만치 마음이 따뜻해졌다. 모르는 사람의 호의가 명치 끝 깊은 곳까지 뜨끈하게 데워주었다.

집 밖에서 만나는 우리는 서로에게 남이다. 남이 베푸는 작은 호의가 다른 이에겐 뼛속을 데우는 따뜻함이 될 수 있다. 뉴스를 보면 세상이 쓰레기 산처럼 느껴질 때가 있지만, 우리는 서로에 대한 관심과 사랑으로 이 사회를 지켜나가고 있다.

포기하지 않는다

●

시페루스

옛날 이집트에서 종이를 만드는 데 쓰였던 식물이다. 우산살만 있는 긴
우산처럼 생겼는데, 크고 작은 유리병에 담아 높낮이를 주어 키우면 집
안의 작은 연못 같은 느낌을 연출할 수 있다.

참나무 색 털을 가진 아기 고양이가 우리 집에 왔을 땐 두 손을 모아 옴폭하게 만들면 그 안에 폭 안겼다. 조그마한 별이는 햇빛 아래 자는 시간이 많았지만, 집 안 곳곳을 탐색하며 자기 세계를 확장해나갔다. 식물 화분마다 코를 킁킁거리며 냄새를 맡았고, 조금씩 잘라 맛을 보며 맛있는 식물과 그렇지 않은 식물을 파악하기 시작했다. 잎사귀가 뾰족한 아레카야자나 마지나타, 접란의 잎이 자주 툭툭 끊어져 있었다. 시페루스를 사왔을 때 별이는 유난히 반가워했다. 매일 시페루스만 먹었다. 시페루스의 새잎은 돋아나기 무섭게 사라졌고, 곧 시페루스는 줄기만 남았다. 별이에겐 희극이고, 시페루스에겐 비극이었다.

시페루스를 좀 더 들여야지 했을 땐 가을이었다. 시장에선 시페루스를 찾기 힘들었다. 시페루스는 사초과로, 뜨거운 해를 좋아하기 때문에 더운 여름에 유통되는 식물이다. 올핸 여름이 가기 전 시페루스를 넉넉하게 구입했다. 여섯 포트는 철제 화분에 담아 선반 위에 올려주었고, 세 포트는 초록색 화분에 담아 별이 밥그릇 앞에 두었다. 나머지 한

촉은 저면관수 화분에 담아 주방 콘솔 위에 올렸다. 별이는 밥그릇 옆 넉넉한 화분을 두고서 꼭 좁은 콘솔 위에 올라 한 촉짜리 시페루스의 잎을 뜯었다.

키가 40센티미터 정도 되는 시페루스를 이로 물어뜯다 잘 잘리지 않으면 시페루스 잎을 입으로 물고 잡아당겨 허리가 반으로 꺾였다. 저러다 뽑힐까 싶었다. 어떤 나쁜 마음을 먹고 하는 일이 아니라 자기 본능에 따르는 일이라는 걸 알면서도 아끼는 식물을 뜯어 먹는 별이가 얄미웠다.

아기 고양이 별이가 어른 고양이가 되는 동안 호기심도 함께 자랐다. 별이는 창문 밖을 좋아했다. 창문을 열고 지내는 계절엔 레일이 있어 바닥이 고르지 않은 창틀에 몸을 올리고 낮잠을 청했다. 새가 우는 소리를 들으면 창가에서 '으르릉' 소리를 내며 먹잇감을 노리는 사자처럼 목덜미 털을 세웠다. 별이가 보이지 않아 찾으면, 열려 있는 베란다 창턱에 앞발을 올리고 밖을 보고 있곤 했다. 그러다가 보는 것에 그치지 않고 행동으로도 옮겼다. 주택에 살 땐 현관문 밖에 나가 정원에서 잡아온 적도 있고, 아파트로 이사했을 땐 리폼한 소파를 옮기는 동안 복도로 나가 잡아온 적도 있다. 아낌없는 사랑을 주는데도 틈만 나면 밖으로 나가려는 녀석에게 섭섭했다.

남편과 함께 학원에서 아들을 픽업해오는 길이었다. 배가 고픈 아들이 서두르며 도어락을 눌렀다. 띡띡띡. 평소 별이는 띡띡띡 소리가 들리면 현관에 나와 있을 때가 종종 있었다. 아들이 가장 먼저 집 안으로 들어갔고, 그다음 남편이, 내가 들어설 차례였다. 아들이 중문을 열자마자 별이가 문 사이로 잽싸게 빠져나왔고, 문 안쪽에선 "별이, 별이!" 하는 남편 목소리가 들렸다. 동시에 나는 별이가 내 다리 사이로 빠져나가는 걸 보았다. 손엔 책이 가득 들어 있는 노트북 가방과 숄더백, 그리고 도서관에서 빌린 책이 든 가방까지 들려 있었다. "별이야!"라고 외치는 나를 계단참에 서서 빤히 쳐다보던 녀석은 그대로 계단을 달려 밖으로 뛰쳐나갔고, 나는 가방을 모두 바닥에 던지고 뒤따라 달려 나갔다. 하필이면 공동 현관문이 열려 있어 눈앞에서 사라졌다. 수은주가 뚝 떨어진 추운 가을날이었다. 저 녀석은 우리가 싫은 것인가. 아파트 단지를 몇 바퀴 돌아도 털끝도 보이지 않았다. 별이는 똑똑하니까 밤새 집을 찾아올 거라 믿었다. 먹이와 담요 깐 케이지를 현관문 밖에 두고 잤다.

　　다음 날 아침. 별이는 돌아오지 않았다. 아파트 엘리베이터마다 전단을 붙이고 관리실에도 말해두었다. 유기 동물 단체, 당근마켓 동네 소식, 맘카페에 '고양이를 찾습니다' 공고를 올렸다. 동네 사람들은 함께 걱정해주었다. 제보가 속속 도착했지만 그때마다 별이가 아니었다. 하루에도 몇 번씩 포인핸드 앱을 체크했다. 갈색 고양이 사진이 올라왔다. '그러면 그렇지. 찾을 줄 알았어' 하는 마음으로 얼굴을 클릭했다. 까만 눈동자에 코끝의 반점까지 틀림없는 별이였다. 그 글엔 '내장 파열. 다리 골절. 상태 매우 좋지 않음'이라고 쓰여 있었다. 심장이 쿵쾅거렸다. 남편에게 "우리 별이 맞지?" 하고 사진을 보여주었다. 남편은 침대에서 벌떡 일어나 앉더니 별이 사진을 꺼내 대조하곤 사진 속 고양이는 코 오른쪽에 얼룩이 있다고, 별이가 아니라고 말했다. 잠시 후 갈색 고양이 사진 옆엔 하얀 국화 아이콘이 떴다.

별이가 집을 나간 지 3일째였다. 내장 파열. 다리 골절. 안락사. 별이에게도 있을 수 있는 일이었다. 자기 집고양이도 간수하지 못하면서 무슨 일을 한다고 하나, 자괴감이 밀려왔다. 별이가 물고 뜯던 시페루스가 포기하지 말라고 에너지를 보낸다.

며칠째 별이를 본 사람이 아무도 없는 걸 보면 어디에 꼭꼭 숨어 있는 것 같았다. 남편은 아파트 CCTV를 뒤져, 별이가 집 나가던 날 차 아래로 숨은 걸 찾아냈다. 우린 지하주차장의 차 아래를 더 열심히 보기 시작했다. 랜턴을 구입해 108배를 하듯 무릎을 꿇고 차 바닥을 하나하나 비추며 찾았다. 102동 주차장을 보던 중이었다. 남편이 낮은 목소리로 말했다.

"여보, 저기 고양이가 한 마리 있어."

"어디, 어디?"

빨간 스포츠카 배기구 아래 고양이가 한 마리 앉아 있었다. 그림자의 움직임이 별이와 닮았다. 조심스럽게 배기구 근처로 이동했다. 갈색 털, 코 왼쪽의 반점. 별이였다.

"여보, 우리 별이 맞다."

우리가 가까이 가니 별이는 계단참 아래로 숨었다. 아들에게 케이지와 사료를 가져오라 이르고, 나는 주머니에서 별이가 가장 좋아하던 유산균 젤을 꺼냈다. 케이지 안에 밥그릇을 두고 젤을 뿌렸다. 별이는 케이지 안에 순순히 들어왔고, 재빨리 지퍼를 닫았다. 별이는 그렇게 3일 만에 집으로 돌아왔다.

포기하지 않았고 운도 따랐다. 별이는 얼마나 고생했던지 현관문 근처엔 얼씬도 하지 않는다. 이젠 별이가 시페루스와 접란을 다 뜯어 먹어도 예뻐 보인다.

선한 영향력을 주고받는 사이

●

극락조화

꽃의 모양이 극락조와 닮아서 '극락조화'라는 이름이 붙었다. 줄기가 없이 긴 잎으로 이루어져 있고, 퍼지며 자라 부피가 크다. 비교적 잘 자라며 넉넉한 공간에 어울리는 식물이다.

온라인 쪽지가 왔다. 거기엔 긴 텍스트와 함께 링크가 하나 있었다. 쪽지를 보낸 사람은 《우리 집이 숲이 된다면》을 사랑한다고 밝힌 독자였다. 어떤 블로거가 사랑하는 책의 내용을 그대로 블로그에 베껴 올리는 걸 보았고, 혹 작가와 출판사가 동의한 일인지를 물으며, 작가가 알아야 할 것 같아 연락한다는 제보였다. 모르는 일이었다. 저작권은 작가에게 귀속되므로 이런 일이라면 출판사에서 먼저 연락을 해주었을 것이다.

링크를 눌러보았다. 어떤 블로거가 책의 내용을 블로그에 업데이트하고 있었다. 글을 100퍼센트 똑같이 쓰진 않았다. 스프레이는 분무기로, 앞치마는 에이프런으로 바뀌어 있었다. 사진도 똑같진 않다. 책 속 사진은 잔디밭에 스프레이 건을 들고 있는 그림자인데, 그는 잔디밭에서 분무기를 들고 그림자를 찍어 올렸다. 한 개의 글이 아니었다. 시리즈처럼 여러 개를 그런 식으로 변형했다. 블로그는 책의 복제본으로 조회 수가 급증하고 댓글이 줄줄이 달리고 있었다. 애독자는 이 블로그에 《우리 집이 숲이 된다면》의 글과 너무 똑같다고, 어떻게 된 건지 설명해달라고 댓글을 남겼다. 모두가 볼 수 있는 공개 글이었다.

출판사에 문의했더니 모르고 있었다. 나는 블로그 당사자에게 쪽지를 보냈다. 블로그도 창작물이니 창작자의 고충을 충분히 알고 있을 거라 생각한다고, 내 창작물이 소중한 것처럼 다른 사람의 창작물 역시 보호되어야 하는 대상이라고. 그는 메일을 읽고 '죄송합니다'라는 말과 함께 게시물을 모두 삭제했다.

창작자는 이런 일을 자주 만난다. '모방은 창조의 어머니'라는 말이 헷갈리기 때문이다. 모방은 '따라 하기'를 말한다. 인간은 따라 하기를 통해 삶의 방식을 배운다. 엄마, 아빠의 입 모양을 따라 하며 말을 배우고, 밥 먹는 법, 옷 입는 법 등 생존에 필요한 거의 모든 기술을 모방을 통해 습득한다. 그러나 결과물까지 똑같다는 말은 아니다. 다른 사람의 웃는 모습을 똑같이 따라 하거나 걸음걸이를 흉내 내면 당사자는 화를 낸다. 놀리는 것으로 여기기 때문이다. 그대로 베끼는 것은 표절이다. 표절은 그대로 베끼며 착안부터 결과물까지 내 고유의 것인 척하는 것이다. 도둑질이다. 모두가 알고 있는 것처럼 도둑질은 불법이다.

너무 멋진 글이나 아이디어를 보았다면 베끼는 대신 창

작자에게 물어보자. 대다수의 창작자는 자신의 작품이 다른 이에게 영감을 주었다면 영광으로 여긴다. 그 영감의 출처를 언급하면 영감을 준 이와 영감을 받은 이 모두가 빛난다. 그것이 예술의 순기능이다.

베끼는 것을 보고 그냥 넘어가지 않은, 사랑하는 대상을 위해 적극적으로 행동해준 독자는 캘리그라피 아티스트 문예진이다. 그 또한 저작권 관련 문제로 마음고생을 한 적이 있었다. 이런 일을 겪은 창작자는 자기 일처럼 나설 수밖에 없다. 우린 그렇게 인연이 되어 간간이 만나 소식과 마음을 나누었다. 알고 보니 그는 동네 주민이었다.

그는 《우리 집이 숲이 된다면》 책을 읽고 읽고 또 읽은 다음, 식물을 가득 키우고 있다고 했다. 집에 초대도 해주었다. 잘생긴 극락조화가 중심을 잡고, 아레카야자와 작은 식물들로 플랜테리어를 했다. 식물들은 사랑받으며 건강하고 아름답게 자라고 있었고, 거실 창 너머론 숲이 펼쳐져 있었다. 참새도 날아와 먹이를 콕콕 주워 먹고, 가끔 고라니도 나타나는 동화 같은 집이었다.

나에게도 극락조화가 있다. 극락조화는 가지 없이 큰 잎으로 자란다. 화분에 파초선이 여러 개 꽂혀 있는 모습이다. 우리 집에선 극락조화를 소파 옆 스툴 위에 올려두었는데, 소파에 앉으면 마치 극락조화 초록 잎이 손으로 우산을 씌워주는 오빠 같았다. 누군가의 경호 아래 보살핌을 받고 있는 듯한 느낌. 극락조화 곁에선 책을 읽을 때 집중도 잘 되고, 글도 잘 써졌다.

나뿐만 아니라 문예진 작가에게도 그런 것 같다. 극락조화와 함께하는 동안 그도 무럭무럭 자랐다. 캘리그라피 클래스 인원이 점점 많아지고 작업량도 늘었다. 나뿐만 아니라 다른 이들 눈에도 그의 캘리 작업이 멋져 보였나 보다. 최근엔 명품 브랜드에 초대받아 큰 행사를 치르기도 했다.

축하도 할 겸, 보고 싶기도 해서 차 한 잔 마시자고 만남을 청했다. 그는 1년 사이 눈빛은 사슴처럼 더 깊어지고, 얼굴이 더 맑아졌고, 몸은 더 단단해졌다. 우아하게 춤을 추는 듯한 몸의 움직임, 눈빛의 반짝임, 꼿꼿한 허리의 각도가 작가가 보내고 있는 일상을 속삭여준다. 우린 식물이 가득한 동네 카페에서 만나 잘생긴 떡갈잎고무나무가 보이는 곳에 앉았다. 눈이 멀 정도로 예술에 탐닉한 모네의 열정에 감동하고, 봉화에서 친환경 농법으로 농사를 짓는 공동체에 관심을 갖고, 꿀벌이 너무 없는 산책로에서 유난히 크게 핀 꽃들을 안쓰러워하고, 장미꽃 봉오리에 진딧물이 안 보이는 걸 걱정하며 이야기를 나누었다. 대화가 얼마나 재미있었는지 두 시간이 5분처럼 지나갔다.

앞으로 하고 싶은 일에 관해 이야기를 나눌 때였다. 그는 정말 멋진 롤모델을 만났다며 말을 꺼냈다. 캘리그라피 계에서 '파란 책'이라 불리는 《Mastering Copperplate Calligraphy》는 교과서 같은 책인데, 이 책을 쓴 엘레너 윈터스 작가가 한국에 방문해 클래스를 열어 다녀왔다고 한다. 작가는 1년의 반은 뉴욕에서, 나머지 반은 파리에서 보내며, 여름휴가 동안 아시아를 돌며 클래스를 진행한단다. 클래스에서 작가는 "나는 펜과 잉크만 있으면 전 세계 어디에서도 살 수 있다"라고 했는데, 그 말이 그의 가슴으로 성큼 들어왔다고 했다.

펜과 잉크만 있으면 돈을 벌 수 있는 재능이라니 얼마나 간소하고 밀도 높은가. 내가 지금까지 본 삶 중에서도 손에 꼽을 만큼 멋진 삶이다. 우리도 그런 삶을 살아보자며 운중결의를 했다. 그와 나눈 이야기가 며칠 동안 잘생긴 극락조화와 함께 아른거렸다.

있는 그대로 반짝이는

●

벤저민고무나무

늘어지게 자라는 잎의 수형이 아름다운 나무다. 변화에 적응하는 능력이
떨어져 갑자기 밝은 곳이나 어두운 곳으로 옮기면 힘들어한다. 점진적으
로 옮겨주거나 한곳에서 계속 키우는 편이 좋다. 벌레도, 병도 잘 생기는
편이지만 잎을 물로 자주 씻어주면 상당 부분 해결할 수 있다.

"해금 연주가 작가님인데, 공연에 초대해주셨어. 같이 가보자."

"응, 그러지 뭐."

나는 축하할 일이 있을 땐 상대방을 떠올리며 키우고 있는 식물 중 한 개를 고른다. 그날은 초록 구름이 뭉게뭉게 피어오르는 듯한 아스파라거스 미리오클라두스가 눈에 들어왔다. 노란 가위로 잎을 잘라 다듬고 노란 꽃봉오리 장식을 꽂았다. 혹시 출출할지 모르니 노란 포장의 버터크림 크래커도 한 장 끼워 넣었다.

공연이 열리는 '호텔 더 일마'는 성남공항 근처 수송동에 위치한 복합문화공간이다. '더 일마'라는 패션 브랜드에서 사옥으로 쓰려고 대지를 매입했는데, 공항 근처라는 특수성 때문에 증축이 되지 않아 궁여지책 끝에 쇼룸 겸 카페로 만들었다고 한다. 풀숲과 중장비가 주차된 길을 지나니 헨젤과 그레텔의 과자로 만든 집처럼 '이런 장소에 이런 곳이?' 하는 느낌으로 갑작스럽게 등장한다.

사람의 창의성은 한계를 만났을 때 극대화된다. 외관은

창고를 닮았지만, 내부는 모던하고 컬러풀한 의상과 가구로 가득 채워진 반전의 공간은 오픈하자마자 대기가 몇 시간씩 생길 정도로 사람들의 사랑을 받았다. 오늘은 주차장이 여유 있었다. 문을 열고 들어서자 공간 한가운데에서 자라고 있는 벤저민고무나무가 보인다. 연두색 새잎을 살짝 만져보니, 온도와 물기가 느껴지는 살아 있는 나무였다.

천지윤 작가가 카나리아색 노란 원피스를 입고 우리를 반긴다. 선물에서 '노랑'을 읽고 반가워한다. 우리의 인연은 책에서 시작됐다. 나는 새 책이 출간되고 나면 초록 검색 창에 책 제목을 넣고 후기를 검색해본다. 시간을 내 책을 읽고, 마음을 더해 기록한 후기를 보면 어느 것 하나 소중하지 않은 것이 없다. 때때로 독자들이 남긴 냉정한 평가를 보는 일은 빨간 막대기가 죽죽 그어진 시험지를 볼 때처럼 쓰라리지만, 그 빨간 막대기의 따가움을 이겨내고 오답을 정리해야 보완할 수 있다. 좋은 후기를 만나면 마음이 통한 듯 기쁘다. 해금 연주가 천지윤도 그렇게 만났다. 사회관계망 서비스에 《우리 집이 숲이 된다면》을 추천한 걸 보고 팔로잉을 했다.

SNS 피드에서 만나는 그는 늘 부지런하게 운동하고, 음악하고, 책을 많이 읽는 예술가다. 서재에서 보내는 시간이 상당해 보였다. 독서량이 많은 예술가일수록 크게 성장할 가능성이 높다. 반 고흐가 그랬고, 데이비드 호크니, 트와일라 타프도 그랬다. 그는 《단정한 자유》라는 에세이집도 썼다. 토일렛 프레스 출판사와 함께 텀블벅 펀딩을 진행했고, 모금액은 천만 원이었다. 마감 전날, 겸허한 마음으로 받아들인다는 피드를 보았다. 금액이 3분의 1 정도 부족했다. 이걸 어쩌나, 나라도 좀 도와야겠다고 생각하는데 금세 모금액을 넘겼다.

천지윤 작가는 아이를 키우며 사람을 만날 시간이 너무 없어 자신의 서재에 음악가들을 초대해 연주했고, 그걸 영상으로 찍어 유튜브에 올렸다. 어떤 날은 책이 가득 쌓여 있는 서재 공간에서 가야금, 거문고, 해금이 함께하고, 어떤 날은 장소를 옮겨 민트색 벽지에 하얀 붙박이장이 있는 곳에서 피아노와 첼로 콘서트를 열었다. 그는 계속 콘서트를 열고 사람을 만났다. 소박한 장소지만 음악가들은 콘서트홀에서 만나는 모습과 다르지 않았다. 상기된 얼굴로 가야금을 켜고 피아노 건반을 두드렸다.

해금은 두 현만 가진 현악기다. 그 줄을 말총 꼬리로 만든 활로 켜 소리를 낸다. 활이 말꼬리처럼 느슨한 걸 보곤 눈이 크게 떠졌다. 현엔 어떤 지지대도 없다. 저것으로 어떻

게 소리를 낼까. 해금은 그저 손으로 줄을 누르는 힘, 그 감
각으로 12개의 음정을 표현한다. 그는 해금 연주가 줄타기
하는 것과 비슷하다고 말한다. 그의 연주를 두 번째 보고 있
어도 여전히 소리가 나는 게 놀랍고, 해금이 저렇게 자유로
운 악기였나 눈이 동그래질 만큼 신기하다.

천지윤의 앨범 〈여름은 오래 남아〉는 마쓰에이 마사시
의 《여름은 오래 그곳에 남아》에서 영감을 받아 만들어졌
다. 그는 책 속에 등장하는 계수나무를 상상하며 '호텔 더
일마' 천장까지 우뚝 솟은 벤저민고무나무를 보자고 말한
다. 눈앞의 나무는 벤저민고무나무인데 코끝에서 계수나무
향이 풍기는 것만 같다. 그는 몸이 차가운 편이라 여름의 에
너지를 좋아한다고 이야기한다. 또 콘트라베이스 최진배가
민요 군밤타령을 모티브로 해 만든 곡이라며, 수록곡 〈푸른
알밤〉을 소개한다. 기타 박윤우, 콘트라베이스 최진배, 퍼쿠
션 김정균. 퍼쿠션이 10여 가지의 타악기로 곡에 표정을 불
어넣는다. 군밤타령으로부터 영감을 받아 만든 음악이라곤
전혀 알아차릴 수 없다. 네 사람의 앙상블은 오래 묵혀 독기
가 빠진 인삼주를 마시는 듯 부드럽게 넘어가면서도, 마당
에서 땀을 뻘뻘 흘리며 구슬치기를 잔뜩 하고 온 듯 신이 난
다. 청중들은 고개를 까딱거리고, 발끝을 들썩이며, 손뼉을

치고, 추임새를 넣는다.

클라이맥스를 지나 〈바닷가에서〉를 들려준다. '해당화가 곱게 핀 바닷가에서 어'로 시작되는 노래를 편곡한 곡이다. 천지윤 작가는 2017년 여름, 함안의 공연에서 만난 중학생 이야기를 들려준다. 음악을 듣던 아이가 갑자기 울음을 터트려 사연을 물으니 사정이 있어 엄마와 함께 살지 못하는데, 엄마 생각이 난다며 통곡했다고 한다.

그 곡은 나도 좋아하는 노래다. 어릴 때 내가 이 노래를 중얼거리고 있으면 엄마께서 어린애가 청승맞은 노래를 좋아한다고 하셨다. 그때나 지금이나 나의 감수성은 단조를 향한다. 각자의 감수성은 지문과 같아 흐릿해질지언정 사라지지 않는다.

이렇게 모여 음악을 듣는 우리들의 마음이 한데 모여 흐르는 것만 같다. 음악은 서로를 연결한다. 천지윤 작가는 《단정한 자유》 출간기념회에서 'Every cloud has silver line'이라는 말을 좋아한다고 말했다. 모든 구름은 반짝이는 은빛 선을 갖고 있다. 우린 모두 있는 그대로 반짝이는 사람들이다.

내 것을 아끼기

●

콩

한때 우리나라엔 콩의 종류가 4천여 가지에 달했으나, 미국이 대부분의 종자를 가져가면서 콩의 대국이 되었다. 정규화 전북대 석좌교수는 30년 동안 사비를 털어 7천여 종의 토종콩과 야생콩 종자를 모았다. 미국이나 중국이 정부 차원에서 모은 것(6천여 종)보다 많다. 종자 관련 다국적 기업에서 40억 가치의 이권을 제시했으나 교수는 거절했다.

《색이름 352》라는 책이 있다. 빨강. 이렇게 뭉뚱그려 불리는 '빨강'을 22개의 빨강을 포함해 자두색, 사과색 등 57개의 색상으로 분리했다. 빨강계, 주황계, 노랑계, 연두계, 초록계, 청록계, 파랑계, 남색계, 보라계, 자주계, 무채색계, 특수색계, 12색계로 분리한 352개의 색에 모두 우리말 이름을 붙였다. 책 뚜껑을 열어 색인을 살폈다. 352개의 색이 0.01밀리미터씩 다르다. 어떻게 인쇄했을까?

종이테이프를 제작해 판매했던 적이 있다. 두루마리 휴지처럼 둘둘 감긴 포장마차만 한 종이를 인쇄기에 끼우고, 잉크를 넣고, 동판을 돌려 무늬를 찍는다. 동판은 휴지심처럼 생겼다. 잉크 묻은 동판이 돌며 종이에 무늬를 찍어내는 방식을 그라비아 인쇄라고 부른다. 파란 바탕색에 동글동글한 흰색 구름이 떠 있는 무늬의 구름 테이프는 감사하게도 많은 사랑을 받았다. 자주 생산하는 만큼 스트레스도 함께 늘었다. 인쇄할 때마다 색깔이 달라졌기 때문이다.

염료는 자연에서 오는데, 고춧가루가 해, 바람, 비에 따라 빛과 맛이 달라지는 것처럼 염료도 조금씩 다르다. 고분

자 공학으로 더욱 정교하게 표준화한 페인트는 가격이 몇 배 더 비쌌고 제작비 부담이 있어 찍을 때마다 페인트를 조금씩 부어가며 색을 만들었다. 다른 공정은 각 과정의 전문가의 눈과 손을 빌린다 해도 색을 맞추는 것만큼은 디자이너가 해야 한다. 디자이너들의 눈은, 말하자면 수정체가 현미경 렌즈와 같다. 그 눈엔 아주 작은 차이, 케이크 표면을 이쑤시개로 한 번 찍은 것 같은 티끌만 한 자국도 다 보인다.

'이뽕'에 페인트를 조금씩 부어가며 색을 만들어 인쇄기에 넣고 종이를 돌려 디자이너와 기술자가 함께 색상 감리를 본다. 기계가 돌며 눈 깜짝할 사이 종이에 인쇄한다. 눈 깜짝할 사이에 인쇄되는 종이 양이 어마어마하다. 디자이너가 "이 색이 아니에요" 하면 기계에 들어간 잉크를 다 비우고 기계를 닦아 '마끼도리'한 다음 다시 새 잉크를 채워 테스트한다.

낯선 용어들 속에서 이 과정이 몇 번 지나가면 잉크와 세척액의 화학약품 냄새, 버려지는 종이가 마음을 압박하고, 인쇄전문가가 기계를 만지는 손에서 탁탁 소리가 점점 커지는 듯하고, 표정에선 웃음기가 사라진다.

종이를 저렇게 버리면서 색을 맞춰야 하는 건가, 환경에 미안한 마음과 늘 같은 색을 유지하는 제품을 만들고 싶은 마음이 충돌하며 내적 갈등이 심했다. 나는 가치 기준을 환경에 두는 쪽이었다. 그런데 만들 때마다 색상이 다른 제품을 지켜보는 것 또한 마음이 편하진 않았다. 이러지도 저러지도 못하는 엉거주춤한 자세. 결국 그 문제를 해결하지 못하고 상품 주기가 끝났다.

색을 맞추는 것은 다이어리를 제작할 때도, 마우스패드를 만들 때도 어려웠다. 《우리 집이 숲이 된다면》과 《우리 집은 식물원》도 쇄를 거듭할 때마다 표지 색이 조금씩 다른 걸 보면 색을 똑같이 맞추는 것은 쉽지 않은 일이다.

그런데 오이뮤 스튜디오가 펴낸 《색이름 352》엔 352가지 색이 담겨 있다. 혹시 한정판인가 싶어 판권을 뒤집어 보니 벌써 5쇄다. 어떻게 매번 똑같이 색을 맞출 수 있을까. 실례를 무릅쓰고 오이뮤 스튜디오에 메일을 보냈다. '《색이름 352》는 스물두 시간 정도의 시간을 들여 전수 감리를 진행하지만, 온도나 습도, 기계 컨디션에 따라 같은 값이라도 조금씩 색이 달라져서, 허용 가능한 범위 내에서 색이 구현되면 컨펌하는 방법으로 진행하고 있습니다'라고 답변을 해주었다. 쉽지 않은 일에 도전하는 배포가 좋았다.

이 일이 인연이 되어 나는 오이뮤 스튜디오에 '초록생활'의 브랜딩 작업을 부탁했다. 오이뮤는 콩 넝쿨에서 모티

브를 얻어 동글동글한 로고와 키 비주얼을 만들어주었다. 볼 때마다 미소가 번진다.

콩의 원산지는 한반도와 만주다. 콩은 영양소를 골고루 품고 있는 완전식품으로, 연작이 가능하다. 콩 뿌리에 사는 뿌리혹박테리아가 거름을 만든다. 참고로 밀이나 옥수수 같은 작물은 연작이 안 된다. 땅의 에너지를 모두 빼앗아가기 때문이다. 콩은 논두렁 옆에 심으면 잘 자란다. 우리 땅에서 살아온 생명은 이 땅에 가장 잘 적응하도록 진화해왔다. 우리 것은 5천 년 우리 역사에서 가장 최적화된 결과물이기 때문에 소중하다.

오이뮤 스튜디오 역시 우리 것을 소중하게 여긴다. 옛것과 오늘을 연결한다. 우리나라 고유의 직조 방식으로 카드를 만들고 책갈피를 만든다. 새 작품을 만날 때마다 하늘로 뻗는 재크의 콩나무를 보는 것 같다.

현재 나는 생활용품 브랜드를 운영하며, 글을 쓰고, 식물 교육자로 일하며, 창조성 코치로 여러 업계를 오가며 일한다. 각 업계엔 업계의 용어가 있다. 인쇄 현장에서는 인쇄 현장의 용어를, 인테리어 현장에서는 인테리어 현장의 용어를 쓰는데, 외국에 온 것처럼 낯설 때가 있다. 인쇄 현장에서는 도비라, 오시, 누끼, 조시 같은 단어들이 오가고 인테리어 현장에서는 투바이, 하바키, 가베, 스라 같은 단어들이 날아다닌다. 나는 그것들을 알아듣기 바빴지 정리할 생각은 하지 못했다. 그런데 오이뮤 스튜디오는 이걸 다 기록했다. 오이뮤 스튜디오의 새 책《곰돌이 사전》은 오이뮤 스튜디오가 인쇄 현장에서 10년 동안 듣고 배운 현장 용어를 우리말로 바꾼 책이다. 1편은 편집·인쇄 편이다. 2편은 어떤 주제일지 벌써부터 기대가 된다.

우린 현장에서 좌충우돌하며 경험을 얻고 고군분투하며 시간을 쌓는다. 그걸 기록하면 누군가의 시행착오와 시간을 줄일 수 있는 전문 지식이 된다. 그런 사람을 우린 '전문가'라 부른다. 가장 빨리 전문가가 되는 길은 현장에서 배우고, 모르는 걸 알 때까지 공부하고, 알아낸 것을 부지런히 기록하는 것이다. 그것도 역시 진화가 아닐까. 그러다 보면 어느 순간 콩나무처럼 하늘 높이 자라나 있을 것이다.

더 많이 사랑하기

●

베고니아

잎에 물방울무늬가 있어 귀여운 베고니아는 햇빛이 충분하면 계속 꽃을
피운다. 베고니아류는 잎을 잘라 번식할 수 있는데, 잎맥을 잘라 흙에 심
으면 그곳에서 새 개체가 자란다. 직접 보면 매우 신기하다.

유튜브 알고리즘이 띄워준 영상을 클릭했다. 화면 속엔 한 여성이 실내복을 입고 소파에 앉아 있다. 현관에서 도어락 키 누르는 소리가 들리자 여성은 현관 앞으로 조르르 달려 나간다. 문이 열리자 남자가 들어온다. 자막엔 '남자친구'라고 쓰여 있다. 남성이 신발을 벗고 집 안으로 들어서자 여성은 두 팔을 벌리고 남자친구를 품에 꼭 안아준다. 남자친구는 머쓱해하면서도 손을 여자친구의 등에 가져가 함께 안으며 웃는다. 그러면서 하는 말. "왜 그래, 내가 뭐 잘못했어?" 여자친구는 다음 날도, 그다음 날도 퇴근한 남자친구를 똑같이 꼭 안아준다. 하루하루 지날 때마다 남자친구의 얼굴이 점점 환해진다. 그런데 며칠 후 여자친구가 현관문 앞에 서 있지 않으니 남자친구가 묻는다. "어디 있어? 오늘은 왜 없어? 안아주니 좋았는데….'

실컷 핀 연분홍 작약처럼 해말갛게 웃던 남성의 표정이 자꾸 떠올랐다. 누군가가 나를 볼 때마다 그렇게 환하게 웃는 얼굴로 꼭 안아주면 기분이 어떨까. 정말 좋을 것 같았다. 나도 영상 속 여자친구처럼 남편과 아들을 환하게 웃으며 안아주어야겠다고 생각했다.

우린 가장 가까운 존재의 소중함을 자꾸 잊는다. 너무 가깝기 때문에 굳이 말하지 않아도 다 알고 있을 거라 생각해 전후 상황을 상세하게 설명하지 않고, 상대방이 시간과 에너지를 사용한 일을 당연하게 여긴다. 심지어 가장 가까운 곳에서 나를 위해 가장 수고하는 사람을 미워하기도 한다. 그 사람에게서 내가 가장 싫어하는 내 모습이 자꾸 보이기 때문이다. 그 감정을 돌이켜보면 그 사람이 미운 게 아니라 그 사람에게 투영된 '나'를 미워하고 있는 건지도 모른다.

나를 사랑해야 한다. 그러려면 내면을 탐색하는 과정이 필요하다. 물론 시간과 에너지가 많이 들고 고통스럽기도 하지만, 의미 있게 살기 위해선 꼭 필요한 통과 의례다. 나를 사랑할 수 있어야만 다른 사람도 사랑할 수 있다. 가장 가까운 사람은 나와 다른 인격체다. 내가 아니라 남이다. 아무리 가까워도 예의를 지켜야 한다. 함께 사는 사람을 나와 동일시하는 대신 다소 거리를 두고 "어, 고마워", "아유, 미안해"라고 인사해야 한다.

사랑이 많은 두 가족의 이야기가 있다. 가수 이적의 어머니는 1세대 여성학자인 박혜란 박사이다. 아들 셋을 서울대에 보낸 것으로 유명하다. 사람들이 자녀 교육의 비법을 묻자 특별한 건 없었고, 굳이 생각해보면 정리 안 된 거실과 엄마가 공부하는 모습을 보였던 것을 꼽았다. 엄마가 거실에 앉아 공부하고 있으면 아이들이 하나둘 책을 들고 나와 자연스럽게 함께 공부하게 되었다고 한다. 또 한 가지 비결로는 스킨십을 꼽았다. 가족이 함께 있을 땐 늘 피부를 접촉하고 있었다고 했다. 공부하라는 말은 안 했지만 함께 있을 땐 발가락이라도 붙이고 있으려 했다고 말했다. 지금은 아들들 모두 결혼해 각자의 가정을 이뤘으나 주말마다 자연스럽게 가족들이 모인다고 한다.

　지인 중에도 그런 가족이 있다. 그 가족의 구성원도 다섯이었다. 그들은 스킨십을 좋아해 가족이 함께 있을 땐 늘 거실에 모여 서로를 안고 있다고 했다. 안고 있지 않을 땐 서로 피부가 닿아 있기라도 해야 한다고. 가족이 늘 붙어 지내기 때문에 방이 필요 없다고 우스갯소리로 말했다. 이 엄마의 말에 따르면, 아이가 초등학교 1학년 때부터 학교에 가라고 깨워본 적이 없다고 했다. 되레 아이를 아침에 깨워야 하냐고 되물었다. 참고로, 보편적인 가정에선 아침마다 아이를 깨우느라 크고 작은 소동이 벌어진다. 이 아이는 등굣길, 하굣길, 심지어 교실을 청소하면서도 인터넷 강의를 들으며 자기 주도적으로 공부해 기숙사가 있는 고등학교에 진학했다.

　스킨십은 내적 동기와 상관관계가 있다. 신체를 접촉할 때, 서로 눈을 마주칠 때, 반려동물을 쓰다듬을 때, 사랑한다고 말할 때도 체내 옥시토신 농도가 높아진다. 옥시토신은 사랑의 호르몬으로, 안정감을 주고 더 잘하고 싶은 마음이 생기게 돕는다. 옥시토신은 무엇을 이루게 하는 호르몬이다.

　사랑의 결핍은 부정적 자아 이미지를 만든다. 사랑받고자 했으나 사랑받지 못했기 때문에 마음에 상처가 나고 그 위에 딱지가 앉아 보호막이 된다. 사랑이 부족해 아릿함이 느껴진다면 내가 나를 충분히 사랑해주는 방법도 있다. 어른이 된 우리는 마음속 어린아이인 나를 사랑하기로 선택할 수 있다. 미움의 안쪽엔 사랑받고자 하는 마음이 숨어 있다.

　내가 듣고 싶은 말을 나에게 해도 좋다. 내가 거울 속의 나를 보며 "사랑해"라고 말해보면 쑥스럽기도 하지만 표정이 환하게 밝아진다. 거울 속의 나를 만날 때마다 "재경아, 사랑해. 열심히 노력하는 네가 너무 예뻐"라고 말한다. 아들이 현관문을 열고 들어오고 나갈 때도 꼭 안아주며 말한다. "오구 오구. 사랑하는 우리 아들." 처음엔 어색해하던 아들도 이젠 웃는 얼굴로 현관문을 연다. 고양이 별이에게도 "사랑해, 별이야. 우리 서로 사랑하며 건강하고 행복하게 오래오래 살자"라고 말한다. 별이는 뭔가 아는 눈으로 "야옹" 한다.

연두색 새잎을 틔우는 베고니아에게도 볼 때마다 "네가 너무 예뻐. 우리 집에서 잘 자라줘서 고마워. 사랑해"라고 이야기해주었다. 어느 날 베고니아 사이에서 분홍색이 보여 잎을 들췄더니, 꽃을 피웠다. 이렇게 예쁜 꽃을 보여줘서 고맙다고 말하며 쓰다듬어주었더니 꽃봉오리가 조르르 매달렸다.

사랑은 무엇이든 이루는 힘이다. 우리가 할 일은 더 많이, 더 자주 사랑하는 것이다.

아침에 커튼을 걷었을 때 옆집 지붕 위에 소복하게 쌓
인 눈이 나를 반겨주었다. 눈이 소리를 머금어 고요한 시간,
하늘에서 탐스러운 눈이 하나둘 세상에 내려앉는다. 정원의
목수국 마른 꽃이 고깔모자를 쓰고 바람결에 까딱까딱 인사
를 한다.

살아간다는 것은 나만의 해법을 찾는 것이다. 찾았다
해도 나는 끊임없이 변하는 존재이기 때문에 방법이 계속
달라진다. 끊임없이 달라지는 것. 그것이 인생의 묘미이자
계속 노력해야 하는 이유다. 1년 전의 나와 지금의 내가 같
은 사람일 수 없으며, 한 달 전의 세상이 오늘의 세상과 같
을 수 없다. 세상의 흐름에 맞춰 나만의 방법을 찾아나가며
그저 살아가는 것이다.

이 책은 나의 여섯 번째 책이자 두 번째 에세이집이다.
첫 번째 책은 지하 스튜디오에서 썼고, 두 번째와 세 번째
책은 안방 옆 드레스룸에서, 방바닥 좌식 책상에서, 발코
니에 놓인 파파야를 보며 썼다. 그러면서 나의 감수성이란

작고 아늑한 공간에서 움직인다는 걸 알았다. 네 번째와 다섯 번째 책은 책이 가득 꽂힌 안방 화장대에서 썼다. 그 작업 후엔 어깨 결림과 통증을 얻어 한동안 고생했다. 여섯 번째 책은 당근에서 배 작가에게 구입한 폴리몰리 빈백에 등을 기대고 썼다. 등, 허리, 엉덩이에 체중을 골고루 분산한 덕에 결리거나 뭉친 곳 없이 무사히 마감을 할 수 있었다.

글을 쓰기 시작하면서부터 '성장하는 법', '잘 사는 법'에 대한 이야기를 나누고 싶었다. 그러나 이 주제를 다루기엔 내공이 더 필요하다고 느꼈고, 자연과학 쪽 지식을 배경으로 하는 식물에 대한 책을 쓰며 글과 삶이 성숙해지길 기다렸다. 여섯 번째에 이르러서야 비로소 그 이야기보따리를 펼칠 수 있게 되었다.

그러면서도 고민은 늘 따랐다. 내가 크게 성장한 사람이 아닌데 그런 이야기를 써도 되나 하는 자기 검열에 걸렸다. 훌륭한 사람의 이야기가 전달하는 울림도 크지만, 내게는 너무 멀게 느껴져 아무리 노력해도 범접하기 어려운 마음이 드는 것도 사실이다. 오히려 나와 비슷하지만 조금 더 성장한 사람들의 이야기에선 따라 해볼 용기가 생겼다. 이 책이 누군가에게 그런 책이 되길 바라며 썼다.

책을 집필하는 동안 삶의 변화도 있었다. 남편이 퇴직했다. '퇴직'이라는 단어에선 소외감이 느껴졌다. 매월 통장에 딱딱 꽂히는 급여가 사라진다는 것은 생각보다 큰 상실이었다. 본인에게도 도전과 후회, 결핍과 어려움이었을 것이다.

사람은 도전할 때 성장한다. 성장하고 적응하는 동안 힘든 건 당연하다. 쉽고 편하면 멈춰 있는 것이 아닌지 나에게 질문할 수 있어야 한다. 그것이 지난 7년 동안 식물과 함께 살며, 들판을 달리며, 식물로부터 배운 삶의 기술이다.

이 책을 쓰는 동안 많은 분의 마음을 느꼈다. 그동안 물심양면으로 도와주는 분들이 많이 계셨는데, 그땐 그 마음을 몰랐다. 마치 경주마처럼 눈가리개를 하고 앞만 보며 달렸기 때문이다. 전속력으로 내달리면 빨리 목표에 다다를 수 있을 것 같았다. 살고 보니 인생은 기록 단축보다 끝까지 달리는 것이 중요하다. 둘은 해법이 다르다.

이 책을 쓰면서 비로소 나는 내 눈의 가리개를 걷어낼 수 있었다. 서영희 선생님이 주신 커피를 내려 마시며, 제주 주방 수영 님이 보내주신 귤을 까먹으며, 호정 언니가 준 깍두기를 오독오독 씹으며, 효진 언니가 준 초콜릿을 한 알 한 알 녹여 먹으며 한 글자씩 한 단어씩 이어나갔다. 책을 쓰기 위해선 한 문장, 한 단락을 계속 이어 붙이는 수밖엔 없다. 그러는 동안 수많은 얼굴이 지나갔다.

추천사에 흔쾌히 시간과 마음을 내어주신 이해인 수녀님, 정세랑 작가님, 오유경 작가님, 정제영 교수님, 송사랑 대표님, 화장품 회사에서 만나 서툰 나를 20년 넘게 지켜보며 응원해주는 김정연, 더리빙팩토리 제품을 계속 유통하며 후원자가 되어주신 구름바이에이치, 리빈, 삼미, 시논샵, 짐블랑, 피클샵, 낙원그룹과 팬분들, 2년 동안 연재된 '일간 정재경'을 읽으며 러닝메이트가 되어준 손혜정, 매일 함께 읽어주신 김유리, 임은빈, 백승훈, 고현명, 최재영, 전소현, 선정민, 밑미에서 만난 하빈, 은지, 봉봉, 계속 쓰며 함께 성장해준 미냐, 소네, 정다연, 노수정, 이나래, 양다은, 강정아, 늘 응원해주는 박윤경, 이정연, 김정원, 박승혜, 김필선, 강아림, 김보라, 이혜경, 마연미, 박수련, 김진경, 황유리, 황인옥, 함혜정, 이화진, 최수영, 전은진, 이지은, 김수현, 김영삼, 윤서연, 황사랑, 차재민, 조은교, 심주하, 김지훈, 이 책을 미리 함께 읽어주신 김수범, 박영은, 박선영, 백혜민, 신주희, 함께 성장하는 한서형 작가에게 진심으로 감사하다.

영원한 영감의 원천 엄마, 아빠, 사랑하는 내 동생 재원이, 재윤이, 우재, 언제나 "그래, 해봐라!"라고 격려해주시는 시어머니, 시아버지, 물심양면으로 응원을 아끼지 않는 남편과 아주 많이 사랑하는 아들 준서, 소중한 가족들 준우, 석주, 다혜, 희서, 민서, 은서, 예성이, 재호, 이현, 윤혁이네, 서준이네 모두에게 고마운 마음을 전한다.

따뜻한 응원으로, 그러나 중심을 잡으며 가려운 곳을 긁어주시는 조언으로 글을 이끌어준 조은아 과장님과 단정하면서도 힘 있는 디자인으로 본문과 표지를 완성해주신 이영민 차장님, 결혼이라는 인생의 큰 이벤트 앞에서도 획 하나하나 마음이 느껴지는 삽화로 글에 반짝이는 생명력을 부여해주신 김예빈 작가님께도 감사의 마음을 전한다. 마지막으로 한재원 편집장님과 샘터사에 감사드린다. 33개월 동안 월간 〈샘터〉에 연재했던 글을 읽으며 그 품 안에서 얼마나 성장했나 느낄 수 있었다. 늘 재미있게 읽어주시고 따뜻하게 윤문해주시는 큰 마음 안에서 들판을 내달리듯 신나게 글을 쓸 수 있었다.

내가 그렇듯 책 속에서 '혹시 내 이름은 없나' 찾아본 분이 있다면 부디 섭섭하지 않으셨으면 좋겠다. 다음 책을 위한 감사 리스트에 소중하게 기록해두었다.

창조성을 깨워 자기 삶에 충실하고, 함께 성장하며, 간소하게 살고, 환경을 아끼며, 문화 예술을 사랑하는 식물적

삶, '초록생활'이 세상을 더욱 행복하고 풍요롭게 만들 거라
믿는다.

헤르만 헤세의 《정원 가꾸기의 즐거움》(반니, 79쪽) 속
문장으로 마무리하고 싶다.

'나무의 속삭임에 귀 기울이는 법을 배운 사람은 나무
가 되려고 갈망하지 않는다. 그가 갈망하는 것은 오로지 있
는 그대로의 자기 자신으로 사는 것이다. 그것이 고향이다.
그것이 행복이다.'

있는 힘껏 산다

1판 1쇄 인쇄 2024년 4월 8일
1판 1쇄 발행 2024년 4월 22일

지은이 정재경
펴낸이 김성구

책임편집 조은아
콘텐츠본부 고혁 김초록 이은주
디자인 이영민
마케팅부 송영우 김나연 김지희 강소희
제작 어찬
관리 안웅기

펴낸곳 (주)샘터사
등록 2001년 10월 15일 제1-2923호
주소 서울시 종로구 창경궁로35길 26 2층 (03076)
전화 1877-8941 | 팩스 02-3672-1873
이메일 book@isamtoh.com | 홈페이지 www.isamtoh.com

ISBN 978-89-464-2271-1 03810

값은 뒤표지에 있습니다.
잘못 만들어진 책은 구입처에서 교환해 드립니다.

샘터 1% 나눔실천
샘터는 모든 책 인세의 1%를 '샘물통장' 기금으로 조성하여 매년 소외된 이웃에게
기부하고 있습니다. 2023년까지 약 1억 1,200만 원을 기부하였으며, 앞으로도 샘터는
책을 통해 1% 나눔실천을 계속할 것입니다.